Non sono i sani che hanno bisogno
del medico, ma i malati.
- Mt. 9, 12

Si educa bene con ciò che si dice.
Si educa meglio con ciò che si fa.
Si educa ancor meglio con ciò che si è.
- Ignazio di Antiochia

Qualunque decisione tu abbia preso per il tuo futuro,
sei autorizzato, e direi incoraggiato,
a sottoporla ad un continuo esame, pronto a cambiarla,
se non risponde più ai tuoi desideri.
- Rita Levi Montalcini

Ogni impronta, anche la più piccola, lascia il suo segno.
- Kung Fu Panda

Non sai di sapere fare qualcosa finché non la fai.
- Kung Fu Panda

ALESSANDRO

Roma, metà settembre 2019

Alessandro Laghi aveva trent'anni. Il 21 maggio, giorno in cui li aveva compiuti, era anche arrivata la notizia: aveva vinto la cattedra a Roma. E dunque si sarebbe trasferito nella capitale per insegnare al liceo scientifico statale Marie Curie. Era nato sotto il segno dei Gemelli come Dante Alighieri e non perdeva l'occasione di sottolinearlo a chiunque glielo chiedesse. Non credeva nell'oroscopo, forse perché da bambino il catechista gli imponeva di confessare come peccato il fatto di sbirciare l'andamento della giornata, tra amore, soldi e fortuna, nell'ultima pagina dei quotidiani. Quella in cui si trovava anche il sudoku, che era l'unico rapporto che Alessandro intratteneva con i numeri. Già. Ironico che proprio lui fosse finito in un liceo scientifico, quanto di più lontano ci potesse essere dalle sue inclinazioni. Allora ricordava a se stesso la teoria delle intelligenze multiple: in pratica, ognuno di noi ne possiede una che emerge, mentre le altre restano più o meno sviluppate, un passo indietro. Alessandro, che amava leggere e scrivere, aveva una spiccata intelligenza linguistica, mentre quella logico-matematica non era semplicemente nascosta o meno sviluppata, ma del tutto assente. Non la trovava. Non capiva nulla di numeri e di cifre. Era uno di quelli che pensava che il seno non fosse il rapporto tra le lunghezze del cateto opposto all'angolo acuto e dell'ipotenusa, ma una parte del corpo femminile. Per lui, il punto non era un elemento per il quale passano infinite rette, ma quel segno che si mette alla fine di una frase per comunicare che non c'è altro da aggiungere, a volte accompagnato da altri due punti, se c'è qualcosa in sospeso che si vorrebbe dire ma che si omette. Era uno di quelli per cui una retta non è una linea infinita, ma un aggettivo qualificativo un po' vecchiotto, tipo la "retta via" che Dante aveva smarrito. Alessandro non capiva e forse non avrebbe mai capito perché al supermercato talvolta gli chiedono se ha cinquanta centesimi, per dargli come resto una banconota intera. Lui gliele dava quelle monete, perché si fidava, ma restava sempre un po' perplesso, confidando nella buona fede del cassiere. Una volta, da liceale, aveva visto scritto ½ su un compito in classe ed era andato dal professore di matematica per avvisarlo che si era dimenticato di scrivere il numero davanti. Non aspirava al 6½, questo mai; ma a un 3½, a un 4½ o, perché no, a un 5½, questo sì. Il professore aveva spiegato che non c'era nessun numero da mettere prima: aveva preso ½ e basta. Zero virgola cinque. Fu allora che Alessandro aveva compreso che uno diviso due fa zero virgola cinque, gettando luce su alcuni dei misteri nascosti dietro le frazioni.

Non aveva ancora realizzato se Roma fosse stata un regalo della sorte o un suo dispetto, ma il solo fatto che la metro della capitale non prevedeva numeri, ma lettere, gli sembrava un elemento a suo favore. Prendeva la linea A fino a Termini, poi saliva sulla B fino a Colosseo e così via tra chiese, musei e biblioteche. Quel muoversi tra le metro A, B e C gli sembrava un viaggio nell'alfabeto, coerente con le ragioni che l'avevano spinto ad accettare la cattedra a Roma.

Aveva fatto quella scelta per la fame di bellezza e di sapere. E poi, ormai aveva letto quasi tutti i libri della biblioteca di via Pillio a Medicina, il piccolo comune emiliano in cui era cresciuto. A dire il vero, era lui a consigliare alla bibliotecaria del paese quali volumi acquistare per arricchirla e, magari, per svecchiarla un po'. Questo lo ometteva, quando raccontava di sé, mentre gli piaceva sottolineare che era praticamente di Bologna, la città natale di Pier Paolo Pasolini, come lui insegnante e amante del cinema, anche se le similitudini finivano lì. La sua vita per il resto era molto diversa da quella del celebre intellettuale, e proprio questa consapevolezza lo aveva infine convinto del fatto che il mondo fosse troppo grande e la vita troppo breve per restare nella città in cui era nato. Dove erano nati sua madre, suo padre e praticamente tutta la sua famiglia, in verità.

Roma, al contrario, si offriva immensa ai suoi occhi, sfacciata, piena di possibilità e di stimoli nuovi: era veramente un museo a cielo aperto, con i cinema che proiettavano addirittura nel pomeriggio. Strano, per lui che veniva da un paesino che il cinema nemmeno ce l'aveva. Roma era caotica, quello sì. Non si potevano fare più di cinque passi senza sentir suonare un clacson, spesso e volentieri accompagnato da un *mavaffanculo* tutt'attaccato o un *limortaccitua* anche questo tutt'attaccato, da un'ambulanza a sirene spiegate, da una retata della polizia… Visto poi che le strade del suo quartiere erano sempre stracolme di rifiuti, Alessandro non capiva dove quei camion portassero la spazzatura, quella che a casa sua chiamava *rusco*. In fondo, spazzatura era un buon compromesso, perché lui si rifiutava categoricamente di chiamarla *monnezza*, ne faceva una questione di principio. Per essere precisi, Roma era un museo a cielo aperto solo dal primo piano di un palazzo in su, perché le strade erano tutte sporcizia, topi (o *sorci*, come li chiamavano loro) e buche. O, almeno, quelle della periferia. Per non parlare dei saliscendi di una città fondata sui sette colli, come si imparava già nei sussidiari delle elementari: Aventino, Campidoglio, Celio, Esquilino, Palatino, Quirinale e Viminale. Altro che gli sterminati e piatti chilometri senza semafori della Pianura Padana. Alessandro aveva dovuto rinunciare a malincuore alla bicicletta con la quale si spostava da un capo all'altro della sua città, quel mezzo a due ruote che usavano tutti, a Medicina e anche a Bologna, dal bambino che andava a prendere il gelato con il nonno al teenager che raggiungeva gli amici al calcetto, dalla famiglia a spasso all'Area Pasi al tramonto, fino alla nonna che andava al mercato tutti i giovedì mattina, cascasse il mondo. Roma era anche e soprattutto la città di quella "sirena" che lo aveva ammaliato con il suo canto, di fronte al quale lui, novello Ulisse, aveva deciso di svincolarsi dalle corde che lo tenevano legato all'albero della nave, per ascoltarla e precipitare negli abissi. Abissi piacevoli, naturalmente, come l'Inferno per Dante, un luogo da attraversare per poi raggiungere finalmente il Paradiso.

Se non fosse salito su quell'alta velocità delle 7,15 da Bologna Centrale, raggiunto a fatica con un autobus di linea preso due ore prima, con destinazione Roma Termini, Alessandro Laghi non avrebbe conosciuto tutti quei ragazzi e quelle ragazze che da settembre a giugno sarebbero stati gli alunni della 4C. Dire 4C – o 1E, o 2C, o qualunque combinazione asettica di lettera e numero – è comodo e sintetico, ma è anche riduttivo, poiché nasconde potenzialità infinite che rimangono inespresse, quasi sempre per disinteresse degli adulti. Alessandro a quel disinteresse non era ancora arrivato, invece, a differenza di altri suoi colleghi. Avrebbe insegnato italiano, latino, storia e geografia, ma era certo che a sua volta avrebbe imparato qualcosa, ed era questo a entusiasmarlo.

Quindi aveva varcato la soglia del liceo Marie Curie con un po' di emozione, scoprendo però di provare anche un accenno di incertezza, sentendosi addosso il peso del dubbio: sarebbe stato all'altezza del compito che lo attendeva?

«No» aveva sentito tuonare nell'atrio. Alessandro aveva alzato lo sguardo, trovandosi davanti una donna dai capelli perfettamente cotonati, come se fosse appena uscita dal parrucchiere. Sguardo severo dietro a sottili occhiali in titanio, fissati a una catenella di perle, appoggiati su un naso a punta che sovrastava una bocca sottilissima. Indossava un tailleur color grigio novembre, la cui giacca era ornata da una spilla che, avrebbe presto scoperto Alessandro, veniva cambiata ogni giorno. Una professoressa, evidentemente. Anzi, quel genere di professoressa che terrorizza ed emana autorità, quella capace di intimorire anche se sei ormai cresciuto e siedi alla cattedra, professore anche tu.

«No...» aveva insistito, senza presentarsi. «Mi sarei

aspettata di vederla arrivare prima, per non costringerci ad aspettarla, egregio collega» aveva ripetuto.

Alessandro aveva guardato l'orologio: era cinque minuti in anticipo rispetto all'orario concordato. Stava per farlo notare, ma lei l'aveva preceduto, allungando la mano per presentarsi: «Comunque benvenuto, sono Adelaide Mangani, latino». Donna d'altri tempi, proprio come i suoi metodi. Sembrava prossima alla pensione e Alessandro avrebbe scommesso che non aveva né marito né figli. Ne aveva conosciuti di professori così, dediti alla scuola, sempre i primi a entrare e gli ultimi a uscire, forse per non sentire il vuoto che li aspettava a casa.

Accanto a lei c'era una collega diafana di carnagione, capelli biondi e lisci, occhi chiari. Doveva avere poco più di quarant'anni. Indossava dei jeans che evidenziavano il suo fisico asciutto e una camicetta bianco panna. Nessuna collana, né orecchini, né braccialetti; solo una sottilissima fede in oro rosa circondava il suo anulare sinistro. Lo guardava con espressione neutra.

«Elisa Santaroni, matematica e fisica» si era presentata. «Benvenuto.»

«Ci piace dare il buon esempio ai ragazzi, facendo sempre qualcosa di più di quanto ci viene chiesto» aveva aggiunto la Mangani.

«Mi pare giusto» aveva convenuto Alessandro, a cui era sembrato saggio non iniziare il lavoro con una polemica.

«Bene, la porto nella sua prima classe, poi la presenterò ai ragazzi» aveva detto la Santaroni.

Alessandro l'aveva seguita lungo il corridoio dal soffitto alto, in penombra, passando accanto alle aule dove ogni giorno si consumava un pezzo di vita di decine di ragazzi, con le loro speranze e paure, i loro sogni e anche la noia, in attesa di un futuro che sembrava lontano ma non lo era.

Ai suoi studenti Alessandro un po' avrebbe cambiato la vita. E grazie a loro si sarebbe trasformata la sua, come prevede la natura di ogni relazione.

Ai ragazzi era bastato quel primo incontro per capire che Alessandro Laghi era il primo realmente interessato alle loro storie personali, oltre ai voti e alle medie sul registro. Per questo motivo, fin da subito era stato accolto in classe con interesse e curiosità, ma anche con diffidenza e sospetto, tanto dagli studenti quanto dai colleghi. Alla fine della prima settimana era diventato una specie di "sorvegliato speciale". L'unico disinteressato rispetto al suo approccio era il prof Ennio Proietti, laureato in storia e filosofia, che già alla prima chiacchiera in sala professori aveva messo in chiaro un punto importante: «Sono guarito da una brutta malattia, figuriamoci se mi faccio intimidire da un gruppo di diciottenni» aveva detto. Alessandro l'aveva osservato: capelli candidi, il volto scavato e la corporatura esile, quasi scheletrica, gli occhi vivaci e il sorriso di chi ha capito qualcosa che agli altri ancora sfugge. «Per me puoi gestire la classe un po' come ti pare, e ti consiglio di non farti intimidire da Adelaide...»

«Adelaide?»

«La Mangani» aveva chiarito Ennio. «E se cerca di farti sentire un incompetente, immaginatela di sera a casa, sola con i suoi due gatti e un libro di Tacito tra le mani.»

In effetti, il Proietti aveva già capito tutto: Alessandro e Adelaide condividevano la sensibilità umanistica, ma avevano metodi didattici completamente diversi e inconciliabili. E lontanissimo Alessandro si vedeva anche rispetto alla Santaroni, perché lui ci metteva il cuore e i sentimenti, comprendeva il mondo attraverso le radici e le parole; Elisa, invece, usava la testa e la ragione, e tutto per lei si poteva spiegare attraverso i numeri e le formule matematiche. Dopo uno dei frequenti confronti su qualche studente, Alessandro finiva per domandarsi cosa ci facesse in quel liceo in cui nessuno la pensava come lui. Poi capiva che ciascuno aveva ragione e nessuno torto, e questo valeva soprattutto con Elisa. Si sorprendeva quando scopriva che loro due erano arrivati alle stesse conclusioni dopo aver percorso strade diametralmente opposte. Almeno questo, per quanto ci fossero volute ore di interminabili e accese discussioni. Presto Alessandro aveva capito che i ragazzi sarebbero stati un'avventura, ma i colleghi non sarebbero stati da meno. Ma per i suoi studenti avrebbe affrontato anche loro, i professori, fino a sfidarne i metodi.

Si trattava di dettagli, quelli su cui faceva la differenza. Come l'appello della mattina.

«Chi manca oggi?» chiedeva il prof della prima ora. Adelaide, Elisa ed Ennio, anzi le professoresse Mangani e Santaroni e il professor Proietti, ma anche la Tosarelli di inglese, la Sciffoni di disegno tecnico, Moretti di educazione fisica: ragionavano tutti per sottrazione, *in absentia*. Alessandro invece era solito fare l'appello in maniera diversa, sebbene avesse spesso le ultime ore, che gli erano state lasciate perché i ragazzi erano più stanchi e ci voleva qualcuno di giovane, con più energie "per tenerli buoni". Lo faceva sempre. Ragionava *in praesentia*. Perché questo significava rispondere "presente" all'appello, alla chiamata. Era come dire: "Ci sono, sono davanti a te". Dal latino, *prae* (davanti) + *sum* (ci sono), come aveva spiegato con un pizzico di emozione il primo giorno di scuola, scrivendolo con il gessetto bianco sulla lavagna di ardesia accanto al proprio nome. Erano cose che Alessandro non aveva imparato su nessun manuale, ma che aveva dentro. Era sempre attento, costantemente in allerta, con una grande passione per l'etimologia, e dunque per la ricerca della verità, che gli permetteva di notare cose che gli altri faticavano a vedere. Era venuto a Roma per una scelta fatta di sentimento. La partita Cuore - Ragione era appena iniziata.

Zero a zero, palla al centro.

Chissà se aveva intrapreso la strada giusta…

CHRISTIAN #1

Roma, ottobre 2019

La strada giusta Christian proprio non la trovava. E dire che la cercava intensamente, da molto tempo. Frequentava la scuola ormai da quattordici anni, che sono tanti, considerando che ne aveva diciannove. Nonostante fosse anagraficamente il più grande, il suo fisico mingherlino e la bassa statura lo avevano fatto diventare la mascotte della classe, e quel ruolo lui l'aveva accettato, pur senza sceglierlo. Teneva i capelli sempre da un lato, fatta eccezione per un ciuffo ribelle che andava dove voleva, anche se tutte le mattine Nicole, sua madre, provava puntualmente a domarlo applicando un po' di gel. Lui le diceva che non aveva bisogno del suo aiuto, lei lo ignorava. Sotto il ciuffo, due grandi occhi color cioccolato erano incorniciati da un paio di ciglia folte e lunghe che sovrastavano un nasino e una bocca altrettanto piccola. Quasi non avesse uno stile tutto suo, un giorno indossava una felpa larghissima che gli arrivava a metà coscia, un giorno una camicia attillata, un altro ancora una T-shirt. Era come se il suo modo di vestire riflettesse un'affannosa ricerca di identità, quella che ancora non era stato capace di scovare, insieme alla sua strada.

L'unico capace di risvegliargli dentro un interesse autentico era Whisky, il bastardino salvato dal canile, che lo seguiva ovunque e non gli chiedeva mai conto di nulla, amandolo incondizionatamente. Quando Christian si fermava o si sdraiava da qualche parte, si ritrovava quel musetto bagnato sul polso o sulla caviglia, e per un momento si sentiva in pace con se stesso. Ma Whisky non sarebbe stato con lui tutta la vita, e a questo preferiva non pensare. Senza il suo cane avrebbe perso anche quella piccola conferma. Non riusciva a dare un nome preciso alla sensazione che provava all'idea, ma sentiva che doveva trovare qualcosa dentro di sé, una motivazione che lo avrebbe accompagnato per sempre, che sarebbe morta con lui e che non dipendesse da altri. Un giorno, forse, avrebbe capito che quello che stava cercando si chiamava *passione*. E mentre la cercava, Christian sperimentava il senso dei fallimenti sulla sua pelle.

Era cominciato tutto alla fine del primo anno di superiori. Il tre in greco, che sommato al tre in latino e al quattro in italiano non faceva dieci, ma per la scuola significava "tre insufficienze gravi nelle discipline di indirizzo". E quello aveva decretato la sua bocciatura al liceo classico, dove era stato iscritto dopo le medie. La chiamata era arrivata alla madre, che ne aveva l'affidamento esclusivo da quando il suo compagno l'aveva lasciata, tanti anni prima; Christian, all'epoca, ne aveva appena tre. Del trauma della separazione aveva pochi ricordi, mentre difficilmente avrebbe dimenticato quello della prima bocciatura.

«Signora, sono la professoressa Tarantino, mi dispiace disturbarla. Può parlare, ora?»

Nicole aveva già intuito il motivo di quella telefonata. Era lo stesso per cui, anni prima, erano stati convocati i suoi genitori. Ai tempi era studentessa, oggi madre, ma la sostanza e il dispiacere non cambiavano.

«Sì, mi dica.»

«La chiamo a nome del Consiglio di classe, in qualità di coordinatrice. Christian, come sa, ha accumulato tre insufficienze gravi nelle materie che caratterizzano il nostro indirizzo di studi: italiano, latino e greco. Pertanto, a malincuore ma per il suo bene, abbiamo deciso di non ammetterlo all'anno successivo. Tra l'altro, viste le difficoltà relazionali con i compagni, con i quali non ha legato particolarmente, pensiamo che possa non essere traumatico per lui, ma un'occasione.»

Dietro la parola *occasione* si nasconde talvolta il sollievo di docenti che si liberano della responsabilità di un alunno complicato, sentendosi magari la coscienza a posto. Il ragazzo al liceo non riesce, non s'impegna, non è l'indirizzo giusto: diamogli una nuova occasione di essere migliore, altrove.

"Eppure Christian studia sempre, fino ad addormentarsi sui libri" avrebbe voluto rispondere Nicole, ma già sapeva che menzionare quello studio costante, ma senza risultati, sarebbe stato pericoloso. "Se studia, perché prende tre?": quella sarebbe stata la domanda. Dietro c'era *qualcosa* che non sapeva definire e che preferiva ignorare, *qualcosa* che per anni si era sforzata di non vedere. Un sospetto, una paura, un pensiero che non poteva confidare a nessuno, figuriamoci all'insegnante che stava bocciando suo figlio.

Nicole aveva deciso di lasciar cadere la questione, per vivere lo stesso senso di fallimento che aveva provato quando la studentessa che non ce l'aveva fatta era stata lei. Si concentrò sulla delusione, per ignorare il resto. Vista l'assenza di un padre, era lei l'unica responsabile del figlio. E questa volta la bocciatura non significava aver fallito a scuola, da studentessa; aveva fallito come madre. Come se il percorso dei figli fosse quello dei genitori. Nella scuola di oggi, a ben pensarci, forse è così: in classe ci stanno i figli, ma chi paga le lezioni private, chi non è d'accordo con i voti, chi contesta i professori decretando che sono migliori in una sezione e peggiori in un'altra... be', quelli sono i genitori. Si preoccupano più loro per un'insufficienza che i figli, forse perché vedono nel brutto voto non un indicatore di rotta – come a dire: "Attenzione, non hai studiato benissimo" –, ma un giudizio su loro stessi. Come se un tre sul registro gridasse: "Non sei poi così bravo come genitore...".

Nel caso di Christian e Nicole, la questione era ancora più forte e complicata, perché la madre si era completamente identificata con il figlio e anche perché lei per prima non aveva ancora superato il trauma della propria bocciatura.

«Sarai lo zimbello della scuola e del quartiere» le ripetevano i suoi. «Non immagini la vergogna che proveremo quando dovremo dire ai nostri amici che non ce l'hai fatta.» Queste parole Nicole le aveva sentite alla fine della seconda media, quando aveva appena dodici anni, e le rimbombavano in testa ogni sera, prima di addormentarsi per sfinimento, quando il cervello era stanco di fare quello per cui era stato creato: pensare.

Lei non era stata così feroce, con suo figlio. E comunque, Christian non se la passava molto meglio: non capiva il perché di quella sfilza di tre rossi sul registro elettronico, nonostante le ore dedicate allo studio.

«Mamma, non ci voglio più restare al classico. Voglio cambiare scuola» aveva annunciato, la sera della telefonata.

«E cosa vorresti fare?»

«Ho sette *a matematica*,» – che fastidio avrebbe provato il professor Laghi a sentire quest'uso improprio delle preposizioni che andava di moda a Roma – «mi piace, potrei iscrivermi allo scientifico. Ma voglio anche cambiare scuola.»

Nicole almeno in questo aveva cercato di essere meglio dei suoi genitori. Aveva capito, ascoltato, assecondato le richieste di suo figlio. La scuola l'aveva cambiata, l'indirizzo anche, e a lei era sembrato di aver fatto il suo dovere di genitore, tra colloqui, burocrazia, perfino un incontro di orientamento con uno specialista. Credeva quindi che l'universo l'avrebbe premiata dandole un po' di tregua, su quel fronte; non si aspettava che Christian ottenesse la media del sette in tutte le materie, ma almeno una mediocre e incerta sufficienza.

Invece l'anno successivo per Christian era stato quello che si potrebbe definire un fallimento, persino peggiore del primo. I tre dell'anno precedente erano nulla rispetto agli zero, agli uno e ai due della professoressa Mangani, ai cinque che talvolta anche il professor Proietti, nonostante la sua filosofia "a favore dei genitori", era costretto a dargli. Bocciato. Di nuovo.

L'occasione vera, quella di cui avevano parlato i professori del classico alla prima bocciatura, era arrivata l'anno in cui Alessandro, il professor Laghi, aveva ottenuto la cattedra di lingua e letteratura italiana in quel liceo. E come spesso fanno i grandi cambiamenti, si erano presentati in sordina, senza farsi notare, in una mattinata come tante altre.

Durante la lettura del manuale di testo, Laghi aveva notato un incespicare insolito per un ragazzo di diciannove anni.

«Il poema miloto… mitologico *L'Adone* è co… composto da venti canti in ottave di en… enca… encade… endecasillabi e fu pubblicato a Parigi nel 1623.»

«Leggi ancora una riga, per cortesia» aveva detto Alessandro, senza prestare la minima attenzione all'*Adone*, perché voleva solo sentire la voce di Christian. L'aveva interrotto solo dopo qualche altra frase, realizzando quanta fatica gli fosse costato quel momento.

«Grazie, può bastare» aveva detto, allora. E la lezione era proseguita come al solito, benché Laghi non vedesse l'ora che suonasse l'intervallo per prendere Christian da parte.

Erano sempre così le lezioni per Alessandro. Sembrava non accorgersi di nulla, lasciava scorrere tutto; non perché fosse stupido, naturalmente. Voleva prendersi un po' di tempo per trovare le parole giuste e metabolizzare quello che era successo, lui che aveva sempre dato grande importanza alle parole: da una sillaba invertita a un'ora di letteratura passata con le cuffie alle orecchie, dallo scatto di una foto per BeReal a un *mavaffanculo* urlato da un capo all'altro dell'aula, con tanto di dito medio alzato, di gesto dell'ombrello o, se era una giornata fortunata, con la combinazione di entrambi.

«Christian, posso parlarti per favore?» aveva detto alla fine della lezione, trattenendo il ragazzo.

«Anche lei, no, la prego... Ma che cosa mi dovete dire tutti?»

L'ora precedente, Proietti lo aveva invitato a uno studio anche più mnemonico, all'occorrenza, «perché la storia è fatta anche di date e di contesti, non solo di ragionamenti su cause ed effetti».

«Tranquillo, volevo chiederti *come stai*, prima di tutto.»

«In piedi, prof! Come devo stare?»

«Dai, prendimi sul serio. O meglio, prenditi sul serio.»

«Prossima domanda?»

«Mi risponderai con calma, ci tengo. Ma voglio farti una domanda più semplice, molto più semplice.» Christian si era fatto attento, incuriosito. «Quando leggi, fai fatica?»

«Ma sì, mi piace leggere...» aveva cominciato Christian, rispondendo ciò che credeva un professore volesse sentire.

«Non intendo quello, la mia domanda è un'altra. Hai mai provato la sensazione di vedere le lettere che si affollano nel testo, quasi che si muovano sul foglio? O di confondere alcune lettere, come la *b* e la *d*, o la *p* e la *b*? O magari ti sembra di non capire nulla di quello che leggi?»

Christian era rimasto muto per la vergogna, soprattutto perché la risposta era la stessa, ed era *sì* per tutte le domande che il prof gli aveva posto. Sentiva che un suo segreto era stato scoperto e, peggio, era convinto che una risposta affermativa non avrebbe portato a nulla di buono.

«E che c'è di male? C'è qualcosa che non va?»

«Nulla.» E qui Laghi aveva fatto una lunga pausa perché la verità era piuttosto scomoda. «Volevo solo dirti che potresti essere dislessico. O, perché no, che tu abbia una comorbilità.» Christian, nonostante avesse sentito almeno una volta nella vita questi termini, si era un po' spaventato, perché la parola *comorbilità* gli faceva pensare a una malattia. Del resto, la radice era la stessa di *morbo* e di *morbillo*. Per lui, e per la maggior parte degli studenti, queste etichette, di cui non aveva mai compreso fino in fondo il significato, volevano dire verifiche più facili, una promozione quasi sempre garantita, più tempo per finire il compito in classe – che si traduceva, il più delle volte, in più tempo per copiare –, un'interrogazione programmata che compensava l'insufficienza dello scritto e altri benefici del genere. Non male, ma c'era un prezzo da pagare: quello della diversità. Sarebbe diventato "lo studente particolare", speciale, o come diavolo si dice oggi, per non offendere nessuno. Il suo pensiero era volato a Edoardo, il compagno di classe sordo.

«Ma io non sono malato!»

«E chi ti ha detto che è una malattia?»

«È quello che pensano tutti, anche se non lo dicono.»

«Ascoltami. Io porto gli occhiali. Sono malato per te?»

«No, non l'ho mai pensato.»

«Ecco, pensa alla dislessia un po' come a questo: vedere le cose diversamente e poter usare degli strumenti che ti permettono di fare le stesse cose di chi non ne ha bisogno, proprio come questi occhiali per la mia miopia. E a questo punto l'alternativa non è tra sano o malato, ma tra iniziare a vedere o continuare a sbandare e andare a sbattere.»

Il suono della campanella aveva interrotto una conversazione che si stava facendo complicata.

«Christian, ne riparliamo. Ora vai in bagno o a mangiare qualcosa. Io devo andare in un'altra classe.» Ma a Christian la fame era passata, e non gli sarebbe tornata nemmeno a cena.

«Che c'è? Perché non mangi?» aveva chiesto sua madre preoccupata.

«Non ho fame.»

«Ti dico sempre di non esagerare con la merenda, perché poi a cena non mangi» aveva detto Nicole, illudendosi che quello fosse il problema.

«Non l'ho nemmeno fatta, merenda.»

«E allora che succede? Non dirmi che va tutto bene, perché ti conosco meglio di chiunque altro. Sai che puoi raccontarmi tutto, e soprattutto che non devi dirmi bugie.»

Christian non aveva voglia di parlare, eppure l'esigenza di liberarsi del peso di quello che gli aveva detto Laghi durante l'intervallo dopo quella maledetta lezione su Giovan Battista Marino era così forte che alla fine aveva vuotato il sacco.

«Il prof di italiano mi ha detto che forse sono dislessico.»

Nicole aveva ingoiato il pezzettino di pollo al curry che aveva in bocca, sperando in cuor suo di soffocare. Aveva improvvisamente realizzato di aver fatto un danno. Quando Christian era in quarta elementare, le maestre avevano segnalato alcune difficoltà, suggerendo un approfondimento della questione, ma lei aveva glissato, sostenendo che il piccolo fosse ancora scosso per la separazione. In quinta l'aveva aiutato con lo studio, dedicandoci ogni momento libero, perché lui si tenesse al passo e nessuno più sospettasse nulla. Era terrorizzata dall'idea di avere un figlio *malato*, perché sentiva di non poterselo permettere: non avrebbe saputo cosa fare. Quindi aveva cercato una scuola media nota per i metodi flessibili, con insegnanti disposti a chiudere un occhio. Aveva pagato ripetizioni, inventato scuse a ogni colloquio con i professori, negato la verità, finto di non sapere. E, soprattutto, aveva sempre tenuto nascosto tutto a Christian. Mai aveva accennato alle preoccupazioni degli insegnanti, mai aveva lasciato trasparire la sua paura. Aveva lottato perché le cose sembrassero normali, perché lui si sentisse come tutti gli altri e non diverso.

Come poteva, ora, ammettere che già da tempo la scuola se n'era accorta, che era stata lei a rifiutarsi di approfondire quei segnali? Che poteva essere stata lei la causa dei suoi fallimenti scolastici? Doveva fingere stupore, chiedere immediatamente all'insegnante un appuntamento. Ma in fondo sapeva già tutto.

CHRISTIAN #2

Roma, ottobre 2019

Se alle medie c'è spesso un eccesso di pietà e di bontà, le superiori sono invece caratterizzate dalla selezione naturale: vanno avanti solo i più forti, o i più furbi, o quelli con i genitori più pressanti, o ancora quelli che frequentano le scuole in cui docenti e dirigenti non vogliono rogne. Christian era già stato bocciato un anno al liceo classico, e poi, di nuovo, allo scientifico, senza che nessuno si fosse posto alcuna domanda. Le domande, a dirla tutta, dovevano essere rivolte a lui: "C'è qualcosa che non va?", "Come mai fai così fatica?". Nel suo caso, all'indifferenza generale si erano sommate le paure di Nicole, che aveva ignorato ogni segnale d'allarme, aggrappandosi all'idea che tutto andasse bene. Christian era arrivato al liceo senza farsi notare, certo; ma anche senza certificazioni e senza consapevolezza.

«Qualcuno ha il numero del coordinatore?» aveva chiesto Nicole sulla chat di gruppo dei genitori, uno strumento che non dovrebbe nemmeno esistere, dato che la scuola è dei ragazzi.

«Nessuno di noi ce l'ha» aveva risposto la madre di Rebecca che era tra i rappresentanti dei genitori. «C'è l'email istituzionale, oppure puoi prenotare un ricevimento infrasettimanale.» Nicole si era connessa immediatamente al registro elettronico per ottenere il primo appuntamento disponibile, ma non c'erano posti, così aveva finito per inviare un'email. Dopo dieci anni passati a glissare la questione, ora improvvisamente non poteva più aspettare.

Gentile professore,
sono la madre di Christian Ferrini della 4C. So che ha parlato con mio figlio di una questione importante che vorrei affrontare a voce quanto prima.

Cordialmente,
Nicole Ferrini

Laghi aveva ben presente la questione alla quale accennava la signora e non aveva esitato un istante a scavalcare i momenti istituzionali e calendarizzati, proponendo a Nicole di vedersi già l'indomani nella biblioteca scolastica.

Lei era arrivata titubante, sembrava camminare in punta di piedi. Alessandro avrebbe scommesso che aveva alle spalle una notte insonne. Lei aveva saltato i convenevoli, mostrando immediatamente l'apprensione che aveva solo lasciato trasparire nell'email: «Grazie per la risposta immediata. Grazie anche per l'appuntamento in biblioteca e non sotto gli occhi di tutti. Christian è stato preso in giro per anni per la mia eccessiva presenza nella sua vita. Non vorrei che mi vedessero anche qui, a scuola…».

«Si figuri, non l'ho fatto di proposito. Semplicemente, la biblioteca è purtroppo il luogo meno frequentato di tutto l'istituto e abbiamo modo di parlare con tranquillità. Si metta pure comoda.»

Si erano seduti e un istante di silenzio era calato tra loro, rotto dal professore, che aveva esordito schiarendosi la voce.

«Senta...»

Laghi non aveva ancora iniziato a parlare che Nicole era scoppiata in lacrime.

«Le prendo un fazzoletto?» si era offerto lui.

«No, non importa» aveva risposto la donna tirando fuori un Kleenex stropicciato dalla borsa. «Purtroppo so già tutto.»

«Perché "purtroppo"?» si era lasciato scappare di getto Laghi. Quella conversazione stava prendendo una piega inaspettata.

«Perché è dalla quarta elementare che le maestre mi dicono che qualcosa non va, ma ero convinta di poter risolvere io le difficoltà di Christian, aiutandolo nello studio o indirizzandolo verso la scuola giusta...»

«Cioè, lei si già sapeva che c'erano segnali sospetti?»

«Faceva più fatica dei suoi compagni, ma credevo che il mio impegno bastasse... E non ho mai voluto andare a fondo, per paura di ciò che avrei potuto scoprire.»

Il professore l'ascoltava in silenzio e lei aveva cominciato a temere il suo giudizio. «L'ho fatto per lui: la vita lo aveva già punito togliendogli un padre, non potevo permettere che si trovasse ad affrontare dottori, specialisti e chissà cos'altro, per poi scoprire di essere malato.»

Laghi si trovò improvvisamente senza parole. Non ce l'aveva con Nicole, ma con la scuola, che non forniva ai genitori gli strumenti per comprendere che la diagnosi di un disturbo dell'apprendimento non equivale a una malattia incurabile. Anzi, una diagnosi giusta al momento opportuno può salvare una vita, cambiarne il corso, rendere tutto più semplice, condurre un ragazzo fino al diploma.

Tra l'altro, gli insegnanti riconoscono se qualcosa non funziona come dovrebbe e si rivolgono agli specialisti perché hanno bisogno di una diagnosi formale e ufficiale prima di poter intervenire legalmente, ma sanno fin da subito se il ragazzo che hanno davanti è discalculico, disgrafico, dislessico, disprassico o tutte le cose insieme.

Anche gli studenti stessi lo intuiscono. Magari non sanno dare un nome al disturbo, ma lo vivono quotidianamente sulla loro pelle nella fatica che fanno a leggere, a scrivere, a tenere la penna in posizione corretta, a fare calcoli che agli altri sembrano banalissimi, ad acciuffare una palla al volo durante una partita di basket, a scrivere correttamente una parola straniera, a metterci un pomeriggio intero per studiare cose che gli altri mandano giù in un'ora. Non è detto che sappiano chiedere aiuto, però, e credono a chi li accusa di essere svogliati.

I genitori sanno, ma non accettano. Si sentono colpevoli, messi alla gogna, pensano di non essere bravi, di avere dei figli diversi dagli altri o, peggio ancora, diversi da come se li sarebbero aspettati. La rabbia, come la delusione, l'insoddisfazione o l'invidia, è sempre figlia delle aspettative.

Laghi aveva tutto chiaro: Christian non era come gli altri,

ma soprattutto non era come Nicole si aspettava che fosse. La madre diceva di amarlo, ma l'amore è accettare l'altro per com'è davvero, non per come vorremmo che fosse.

«Volevo proteggerlo» aveva ripetuto Nicole, per poi cedere a un pianto sommesso.

Laghi aveva approfittato di quel momento di silenzio per tirarsi su gli occhiali che stavano scivolando lungo la punta del naso. Anzi, si servì di quel gesto per ripetere ciò che aveva detto a Christian il giorno prima.

«Signora, non c'è nulla che minacci Christian. E suo figlio non è malato, ha solo bisogno di... un paio di occhiali per vedere quello che gli altri vedono senza.»

«Come? Basta un paio di occhiali?» Nicole non aveva afferrato la metafora, ma era comprensibile, perché non poteva sapere cosa fossero gli strumenti compensativi e le misure dispensative.

«Le bocciature sono il frutto di un errore di valutazione. Christian è stato mandato su una pista da sci senza occhiali e, oserei dire, addirittura senza casco. Uno strumento compensativo, in poche parole, lo avrebbe aiutato nello studio e sarebbe intervenuto dove lui non sarebbe mai arrivato, e non certo per pigrizia o per mancanza di voglia. Per non parlare delle misure dispensative... Per esempio, capita mai che Christian passi le ore sui libri e che arrivi a sera stanco morto?»

«Sì, professore» disse Nicole con gli occhi ancora lucidi, ma con l'accenno di un sorriso sulle labbra. Erano le parole che avrebbe voluto ascoltare dalla professoressa Tarantino, quando l'aveva chiamata per anticiparle l'esito negativo dello scrutinio al liceo classico.

«Guardi che è normale. È un tipico sintomo del disturbo dell'apprendimento.» Detta così, sembrava davvero una malattia, per cui Laghi riprese meno ingessato, scrollandosi di dosso il lessico che faceva di lui un professionista e, al contempo, un portatore di cattive notizie. «Alla fine della pagina Christian non capisce nulla non perché sia stupido, ma perché tutte le energie le ha impiegate per cercare di decodificare il testo. Uno strumento compensativo, o l'occhiale, per tornare alla nostra metafora, potrebbe essere una sintesi vocale che legge al posto suo, così che Christian possa preoccuparsi solo dei contenuti.»

«E le altre cose che diceva prima? Le dispense… Le misure dispe… Com'è che le ha chiamate?»

«Ah, sì, le misure dispensative! Be', per esempio, Christian potrebbe avere più tempo per consegnare una verifica in classe, perché lui legge in due minuti quello che gli altri leggono in un minuto e, quindi, del tempo in più metterebbe Christian nella condizione di portare a termine con serenità il suo lavoro.» Lei lo ascoltava, incredula. «Signora, crescendo queste cose vanno a migliorare e se Christian avesse avuto familiarità con questi strumenti sin da quando aveva dieci anni…» Si interruppe perché la madre era di nuovo sul punto di piangere, poi aggiunse: «Prima si comincia, meglio è. Come in tutte le cose. È più facile imparare a sciare a cinque anni che a trenta, anche se non è impossibile iniziare più tardi».

La madre di Christian era confusa e piena di dubbi. Laghi proseguì: «Spesso cerchiamo di infilare vestiti, calzini e pantaloni dentro l'armadio anche se non c'è più un centimetro quadrato di spazio disponibile. Prima o poi, quell'armadio riverserà fuori tutto quello che abbiamo tentato di metterci dentro a forza. Ecco, diciamo che è arrivato quel momento. Ma adesso tocca a lei. Deve dire a Christian la verità».

Laghi non poteva sapere se Nicole avesse intenzione di parlare immediatamente con Christian. Nella vita va sempre così: non possiamo decidere per gli altri, siamo responsabili solo di noi stessi e delle nostre azioni. Lui sì, che avrebbe agito, e subito. Così, senza pensarci su due volte, si era diretto in sala insegnanti a predisporre un PDP per Christian come alunno con BES. Quanto odiava quelle sigle e la burocrazia che nasconde quello che effettivamente celano… Un PDP è un Piano didattico personalizzato, mentre i BES sono i cosiddetti Bisogni educativi speciali, tre lettere dietro le quali vi è un'infinità di situazioni: alunni che usufruiscono della legge 104, come Edoardo con la sua sordità, da quello paralizzato su una carrozzina a un ipovedente, da quello autistico a quello con la sindrome di Asperger; alunni di recente immigrazione, appena arrivati in Italia, rifugiati di guerra, studenti che non parlano bene la lingua, dislessici, discalculici, disprassici, disgrafici; alunni con genitori in carcere, in condizioni economiche disagiate… I petali della rosa sono potenzialmente infiniti. Laghi odiava la sigla BES perché poneva ancora una volta l'accento sui bisogni e non sui desideri. E poi, a ogni modo, tutti erano alunni con bisogni speciali, ognuno necessitava di cure che andavano bene soltanto per lui o per lei, e per nessun'altra persona tra gli otto miliardi e più che abitano sul pianeta Terra. Queste sigle riconoscevano ragazzi più speciali di altri, con bisogni maggiori. Ma dov'era il posto per le passioni, per la fiamma che ci mantiene vivi? Per il nostro *ikigai* e per i nostri *plan de vida*?

Quando parlava di questi ragazzi, Laghi era combattuto su quale metafora usare. Gli alunni con BES erano "una rosa di alunni" oppure un "manipolo", una "schiera"? Tutto sommato, erano valide entrambe, perché l'immagine della rosa richiamava la loro bellezza, la loro unicità, i profumi, gli sguardi, persino le spine. Quella del manipolo e della schiera, invece, apriva alla semantica militare, apparentemente più sgradevole, ma rimandava a quelle battaglie, all'interno di una guerra più articolata e complessa, che ogni giorno ciascuno deve combattere. A maggior ragione se si è adolescenti, quando la battaglia non è solo con se stessi, ma contro la famiglia, la scuola, gli amici, gli insegnanti, gli allenatori, il catechismo... Dunque, nella rosa di questi alunni avrebbe dovuto essere aggiunto anche Christian. Doveva intervenire immediatamente e, in qualità di coordinatore, proporre al Consiglio di classe l'idea di un PDP senza attendere i tempi della neuropsichiatria e della sanità pubblica che, oberati come sono di lavoro, non avrebbero permesso di agire in tempo. C'era una domanda che ancora gli riempiva la testa, però: possibile che Christian fosse stato considerato per anni uno scansafatiche, uno svogliato o, addirittura, un buono a nulla? Evidentemente, a tutti andava bene così. Laghi lo comprendeva, pur rifiutandosi di seguire quella logica: in quel momento dell'anno, per esempio, la priorità del Consiglio di classe della 4C era la consegna della programmazione iniziale per materia, che andava caricata online sul registro elettronico tassativamente "entro e non oltre il 31 ottobre". Molti professori avrebbero scelto di rimandare la questione del PDP. Laghi no, non era quel genere di insegnante.

Non poteva saperlo, ma anche Nicole in realtà aveva deciso di non perdere tempo.

«Christian, posso parlarti, per favore?» Era la stessa domanda che gli aveva rivolto Laghi il giorno prima.

«Mamma, basta! Che c'avete da dirmi tutti? Cosa c'è che non va?»

«Tesoro, ho parlato con il tuo professore di italiano.»

«Se devi dirmi che sono dislessico, arrivi tardi... Me l'ha già detto lui.»

Lei si era fatta forza. «No, devo dirti che io ho sempre sospettato che le tue difficoltà dipendessero da qualcosa in particolare... Qualcosa che non sapevo definire e che mi faceva paura.»

Lui l'aveva guardata, incredulo: «Tu sapevi?».

«Non è che sapessi... ma le tue maestre già alle elementari avevano detto che c'erano dei segnali...»

«E tu quei segnali li hai ignorati?» Christian cominciava ad arrabbiarsi, tanto.

«No, non li ho ignorati... Ho cercato di aiutarti in ogni modo: ricordi quando tornavo a casa prima dal lavoro, per farti fare i compiti?»

«Ma tu non sei un esperto di dislessia.»

«Certo che no, ma neppure potevo sapere che si trattava di quello...»

«Non potevi saperlo perché non mi hai mai portato da un esperto.»

«Pensa a come ti saresti sentito...» aveva detto Nicole, abbassando la voce.

«Forse avrei smesso di sentirmi stupido perché non riuscivo a leggere come gli altri!»

«Tesoro...» Nicole quasi balbettava.

«Mamma, smettila di chiamarmi *tesoro*. Se ero davvero così prezioso per te, non me la tenevi nascosta questa cosa...»

«Christian, sono qui a chiederti scusa. Volevo evitarti il percorso con un neuropsichiatra, i medici, le prove. Mi sembrava già troppo che fossi cresciuto senza un padre.» La madre sembrava aver ripreso un po' di autocontrollo.

«E così, ora, grazie alla tua "voglia di aiutarmi"...» aveva detto Christian mimando il gesto delle virgolette con l'indice e il medio di entrambe le mani «ho perso due anni della mia vita, oltre a essere comunque senza un padre, tra l'altro.»

Nicole, che non era il professor Laghi e che era prima di tutto una madre, la "risposta giusta" non l'aveva. Laghi avrebbe sicuramente fatto un discorso sul tempo perso, che non era poi perso per davvero e, credendoci o meno in quel che diceva, avrebbe almeno dato una risposta. Nicole, invece, si limitò a un "mi dispiace", che non fece altro che generare ancora più rabbia e fastidio in Christian.

Si chiuse in camera sua sbattendo pesantemente la porta dietro di sé. Andò a letto senza cena, con il brontolio della fame che faceva a gara con un rumore ancora più forte, quello dei pensieri. Si interrogava sulla sua malattia, sugli anni che aveva buttato, senza accorgersi che la vita vera, a parte i *se* e i *ma*, era proprio quella che stava vivendo in quel momento su quel letto, affamato, pensieroso e arrabbiato. Solo la compagnia di Whisky sembrava dargli una forma di conforto, ma da lui non sarebbero arrivate né risposte né soluzioni. Non sapeva che anche sua madre, nel letto, non dormiva, domandandosi se anche le sue difficoltà scolastiche dipendessero da qualche disturbo, che Christian aveva magari ereditato da lei... Avrebbe voluto parlarne con il professor Laghi. Ma cosa chiedere: "Secondo lei, sono dislessica anche io?".

La notte tuttavia passò e passarono anche i giorni successivi a scuola, perché come avrebbe detto Laghi, comunque la vita va avanti. Molte cose però erano cambiate, in classe. E Christian scelse di accettarlo, senza opporsi, proprio come aveva accettato le bocciature. La rassegnazione che aveva imparato a esercitare gli tornò stranamente utile. A volte era difficile, a volte meno.

C'era chi, come Laghi, riusciva a non metterlo in imbarazzo e chi, invece, come la professoressa Mangani, sembrava facesse di tutto per farlo sentire diverso. Non era tutta colpa sua. Semplicemente, quando lei aveva iniziato a insegnare, tutti questi disturbi non erano stati codificati, e il problema si sradicava con un brutto voto o una bocciatura facilmente motivabile con la dicitura "l'alunno non ha raggiunto gli obiettivi minimi". Ora era tutto più complicato e il *disturbo*, inteso come fastidio, sembrava affliggere più gli insegnanti che gli studenti: i coordinatori di classe devono recuperare tutte le informazioni sull'alunno attraverso le diagnosi con codici e sigle incomprensibili, redigere un PDP, rincorrere i colleghi del Consiglio perché sia firmato da tutti, stamparne due copie, una per la famiglia e una per la scuola, accordarsi con i genitori per farglielo leggere, approvare e firmare, consegnarne una copia in segreteria. Poi veniva la parte più difficile: metterlo in pratica. Bisognava stampare verifiche con caratteri diversi dal resto della classe, ritagliarsi il tempo per un'interrogazione orale di recupero, programmare le verifiche, elaborare griglie di valutazione differenti... Sì, far finta di niente e limitarsi a far passare Christian per "scansafatiche buono a nulla" sarebbe stato più facile.

Un giudizio a cui un po' la Mangani sembrava ancora credere...

«Avete quarantacinque minuti di tempo per tradurre queste dieci frasi» diceva la Mangani con le verifiche in mano. «Tu, Christian...» continuava mentre cercava la sua, che era diversa dalle altre. «... Eccola qui. Tu, invece, hai l'intera ora e devi tradurle tutte tranne le ultime due, che sono facoltative se ti resta del tempo.»

Laghi, invece, aveva l'accortezza di lasciare un'ora per tutti.

«E se finiamo prima?» chiedevano.

«Se finite prima, rileggete. E se avete anche riletto, pensate alle cose belle.»

Quanto agli esercizi, consegnava a tutti la stessa verifica, scritta con il carattere che avrebbe usato per Christian, tanto – questo era il suo ragionamento – "usando il Times New Roman 12 faccio un torto ai dislessici; se, invece, uso l'Arial 14 non faccio un torto a nessuno e faccio un favore a chi è dislessico". E se poi c'erano degli esercizi che Christian non avrebbe dovuto svolgere, si limitava a scrivergli accanto "questo fallo se ti resta tempo" con un piccolo smile di fianco. Il tutto senza focalizzare l'attenzione su di lui.

Laghi aveva iniziato la sua carriera facendo supplenze alle scuole medie, e continuava a portare con sé delle accortezze che usava con i bambini ma che facevano bene anche al cuore dei più grandi, e allora tanto valeva non abbandonarle mai. Erano coccole per l'anima, e quella, si sa, non ha età.

EDOARDO

Roma, ottobre 2019

Solo da poco Edoardo era riuscito a liberarsi di quelle accortezze che i suoi compagni gli riservavano quando proprio non potevano ignorarlo, trattandolo come se avesse bisogno della pietà e della compassione degli altri per sopravvivere. E questo Edoardo lo sentiva perfettamente benché fosse sordo; "ipoacusico grave", stando alla sua diagnosi clinica. Fino a sedici anni era convinto di chiamarsi Centoquattro, perché era il nome con cui si rivolgevano a lui dai tempi delle medie. «Eddai, si scherza!» gli dicevano subito dopo. «Mica ti sarai offeso! Lo facciamo per ridere» gli dicevano. Sì, solo che lo scherzo faceva ridere gli altri, non lui. Ma come poteva spiegarlo a chi prendeva la faccenda con tanta leggerezza? Con il tempo, aveva capito che dietro a quella leggerezza ci si nasconde per non vedere che quelle parole feriscono, offendono. Ridere è più semplice rispetto a empatizzare con l'altro, accogliendo anche il dolore che una battuta può suscitare. Ma l'ingenuità è sempre una scusa terribilmente meschina.

Lui, comunque, aveva finito per familiarizzare con l'idea di essere un "centoquattro", ovvero uno di quegli studenti che avevano a disposizione un insegnante tutto per loro. Quella era l'intenzione in teoria, perché poi quel sostegno diventava un tappabuchi per sostituire, di giorno in giorno, i colleghi assenti, sottraendo tempo prezioso all'assistito. Allora i docenti spiegavano che si trattava comunque di una figura a disposizione di tutta la classe, ottenendo uno strano risultato: il ragazzo in difficoltà poteva contare solo in parte su quella risorsa, e intanto comunque diventava agli occhi degli altri "quello che da solo non ce la fa". Essere un "centoquattro" non era facile. Eppure, quello era il numero di una preziosissima legge del 1992, frutto di lotte e riforme, che tutelava chi aveva effettivamente bisogno. E Edo ne aveva, di bisogno.

Se non ci si piazzava davanti al volto, permettendogli di leggere il labiale, Edoardo faticava a sentirsi chiamare. Non guardava le persone negli occhi, ma scrutava i movimenti, anche impercettibili, delle loro labbra. Fin da piccolo si era abituato non a *vedere*, come fanno tutti, ma a *guardare*. È un verbo, *guardare*, che parla di guardie e sentinelle, di persone non distratte, che non dormono e stanno in allerta per avvistare eventuali pericoli. Edoardo guardava. E sapeva cose che lo facevano soffrire. La peggiore era quel sentirsi trasparente, né visto né guardato. E poi c'era la pietà che gli si rivolgeva – "poverino, chissà che brutta vita..." – che era l'alternativa a chi lo chiamava "centoquattro". Insomma, o la misericordia o la battuta.

A dimostrare che le cose potevano andare diversamente era stato il professor Laghi. Un giorno di fine ottobre, durante due ore di supplenza, aveva proposto alla 4C la visione di

Galileo, un film del 1968 della regista Liliana Cavani, in linea con il programma di letteratura che stavano portando avanti. La sua filosofia prevedeva di essere il più indolore possibile durante le ore di supplenza, perfino quando gli capitavano le sue classi. Così aveva introdotto la pellicola ai ragazzi, già immaginando le obiezioni che la Mangani avrebbe potuto sollevare, aveva acceso lo schermo e aveva fatto cominciare il film.

«I sottotitoli, prof!» aveva gridato Rebecca dall'ultima fila, con il suo solito atteggiamento provocatorio, interrompendo. Vedendo il prof girarsi, Edoardo aveva intuito quel che stava accadendo. Si era accorto anche lui della mancanza delle scritte sulla parte bassa dello schermo, ma aveva deciso di non dire nulla.

«E perché?» aveva risposto Laghi, che pur sapeva perfettamente a cosa si riferiva Rebecca, avendo partecipato ad alcuni incontri specifici per Edoardo. Erano quelli che la scuola chiamava GLO, ovvero Gruppi di lavoro operativi per l'inclusione.

«Perché Edoardo non sente, e si aiuta con i sottotitoli.»

«Lo so» aveva riposto, interrompendo il film. Poi aveva aggiunto, rivolgendosi alla classe e senza catalizzare l'attenzione sul ragazzo: «Ma un film, così come la realtà, è fatto di diversi piani comunicativi: c'è la parola, ci sono le immagini, i gesti, le espressioni, i suoni… E credetemi se vi dico che contano di più le cose non dette di quelle che diciamo». Edoardo lo seguiva a fatica, e per una volta non era il solo: tutta la classe era abbastanza confusa.

«Vieni, Rebecca» aveva poi detto.

«Io? Cosa devo fare?»

«Ti ho chiesto di venire qui, davanti a tutti.»

Rebecca si era alzata, ma solo dopo aver trovato un pezzo di carta in cui buttare la gomma che stava masticando. Dal raccoglitore di matematica aveva strappato un foglietttino con gli esercizi che avevano fatto alla prima ora, a testimonianza di quanto poco ci tenesse. Laghi si era accorto fin dal suo primo ingresso in classe di chi masticava una gomma e chi no, ma non aveva detto nulla. Non voleva alzare ulteriori barriere tra lui e loro, ma sapeva che prima o poi sarebbe arrivato il momento di affrontare anche quella questione.

«Eccomi, prof! Che devo fare?»

«Ti voglio bene» aveva detto Laghi, abbracciandola. Rebecca aveva provato un certo imbarazzo, ma aveva provato a nasconderlo dando qualche colpetto sulle spalle dell'insegnante, come a dirgli: "Anch'io te ne voglio".

Laghi non le aveva lasciato il tempo di aggiungere una delle sue battute, perché poi l'aveva ripetuto, questa volta però chinandosi per allacciarsi le scarpe. Poi, tornando a guardare la classe, aveva chiesto: «In quale delle due occasioni ero sincero?».

«La prima volta, prof.»

«Vedete, ragazzi,» continuò rivolgendosi a tutti «nonostante io insegni lettere e ami la parola, il *logos*, il *verbum*,» disse quasi rimpiangendo la cattedra di latino e greco al classico «ci sono infinite occasioni nella vita in cui questa non conta nulla. Si chiama "comunicazione non verbale", e il più delle volte è quella più efficace. Ho pronunciato le stesse identiche parole, ma ho comunicato due emozioni completamente diverse.»

«Edoardo, vuoi dircele tu?» Edoardo soffriva di una sordità grave, ma gli apparecchi che indossava, e che copriva con capelli lunghi abbastanza da nasconderli, gli permettevano di mantenere ancora un rapporto con il mondo, seppur difficoltoso, come quando in autostrada non parlava con nessuno per ore, perché il rumore dell'auto ad alta velocità gli impediva di sentire quello che dicevano gli altri.

«La prima volta c'era affetto. La seconda, invece, ho sentito indifferenza e disinteresse.»

«Siete d'accordo?» chiese Laghi alla classe.

«Sì!» risposero all'unanimità, perché si trattava di uno di quei rari momenti di vita scolastica che si spingevano oltre la classica lezione. Erano tutti sentinelle, tutti vigili, tutte guardie in grado di *guardare*, appunto.

«Edoardo, che ne dici di guardare il film senza sottotitoli?»

Edoardo aveva acconsentito e in quel "sì" c'era il sollievo di potersi sentire come tutti gli altri, un'emozione rara, per lui. È vero, era stato necessario sottolinearla, quella sua normalità, ma era comunque meglio della pietà o degli stupidi scherzi.

Di certo non aveva contribuito a radicare la sensazione di *normalità* il fatto che i compagni si fossero sentiti in dovere di riferire la notizia alla Mangani già il giorno dopo, in quanto fatto eccezionale. Questo aveva permesso a Edoardo di sperimentare un nuovo tipo di malessere.

«Sa che con Laghi abbiamo visto un film senza sottotitoli e anche Edoardo è riuscito a seguirlo?» aveva detto qualcuno. La Mangani aveva risposto con un: «Bene, sono contenta» ma i ragazzi avevano ormai imparato a riconoscere quando le parole della professoressa comunicavano qualcosa di diverso da ciò che tutto il resto del suo corpo suggeriva: si trattava della comunicazione non verbale.

Che cos'è che le dava più fastidio? Che Laghi facesse didattica guardando dei film e trasformando la scuola in un cinema, o che non avesse rispettato il Piano educativo individualizzato di Edoardo, che prevedeva chiaramente "l'uso di sottotitoli durante la visione di filmati multimediali"? La lezione trascorse come al solito, ma la Mangani non aspettava altro che il cambio dell'ora per chiedere spiegazioni. Così, incurante del fatto che il collega stesse facendo lezione e approfittando della propria ora libera, aveva bussato alla porta della 2C, dove Laghi stava facendo un approfondimento sulla *Pax Augustea*.

«Alessandro, scusa, potresti uscire? Avrei bisogno di parlarti.»

«Certo, Adelaide, i ragazzi saranno contenti di fare una pausa» aveva detto con la sua infinita pazienza, raggiungendola nel corridoio.

Appena la porta era stata accostata, il tono di Adelaide era cambiato, abbandonando quella finta gentilezza che si era imposta davanti alla classe.

«I ragazzi della 4C mi hanno riferito del film senza sottotitoli.» Alessandro aveva quasi dimenticato l'episodio, convinto che per renderlo normale avrebbe dovuto darci poco peso.

«Ho seguito quella classe come coordinatrice per tre anni, fino al tuo arrivo in questa scuola. Ho passato ore a redigere con la collega di sostegno un PEI che tu sei riuscito a smontare nel tempo di un film. La madre di Edoardo è sempre stata molto attenta e molto presente alla vita scolastica del figlio:

non appena lo verrà a sapere, verrà a chiederti spiegazioni e vorrei che ti considerassi il solo responsabile di questa scelta scriteriata.»

«Scusa, Adelaide, ma che cosa potrebbe dirmi? "Professore, ho saputo che oggi in classe, per la prima volta, non ha fatto sentire mio figlio diverso da tutti gli altri compagni?" Oppure: "Vorrei farle causa per avere trattato mio figlio come un normale diciassettenne?".»

«Alessandro, ci sono delle regole che devono essere rispettate. Non sempre c'è spazio per il cuore e non ho mai creduto nei professori alla Robin Williams dell'*Attimo fuggente*.»

Queste parole lo avevano trafitto come dardi. Alessandro aveva tanti difetti, ma aveva un pregio che da solo bastava a cancellarli tutti: sapeva mettersi in discussione. E se la Mangani avesse avuto ragione? Tutta la questione, in fondo, si giocava proprio lì, nell'opposizione tra la ragione e il cuore.

La risposta arrivò appena due giorni dopo, dimostrando che su una cosa Adelaide aveva ragione: la madre di Edoardo in effetti aveva scritto per chiedere un appuntamento con il professor Laghi, il prima possibile. Laghi si preparò ad argomentare le sue ragioni, ma la donna non gliene diede il tempo.

Gli strinse la mano e lo ringraziò.

«Grazie» era venuta a dirgli, semplicemente. «Grazie.»

Non tanto perché condivideva i suoi metodi – sì, poi parlarono anche di questo –, quanto perché le aveva confidato di non essersi mai *sentito* così.

Laghi aveva avuto coraggio e, dunque, anche cuore.

La partita andava avanti: Ragione 0 - Cuore 2.

REBECCA #1

Roma, ottobre-novembre 2019

«E come ti senti?» chiedevano a Laghi ogni volta che lui spiegava di non avere WhatsApp, né Instagram, né nessun altro social. «Mi sento normale» rispondeva lui, che per non sembrare un alieno ometteva a quel punto di dire che il suo cellulare poteva solo chiamare e ricevere vecchi SMS, nulla di più. Questo semplificava la vita in moltissimi casi, in verità, e aveva indubbi vantaggi, a cominciare dal fatto di non essere stato fagocitato dalla decina di inutili gruppi che caratterizzavano un anno scolastico: il gruppo della 4C, quello della 1E, quello della 2C, quello dei rappresentanti dei genitori della classe di cui era coordinatore, quello dei colleghi del Consiglio di ogni classe, quello di una classe in cui si è avuta una sola ora di supplenza in tutto l'anno (perché la collega doveva assolutamente dirgli una cosa ed "è meglio se entri nel gruppo"), quello dello staff della Dirigente scolastica, del laboratorio che è stato attivato, del dipartimento di cui si è fatto parte, quello di tutti gli insegnanti del Collegio, e quello non ufficiale, in cui ci si può permettere anche qualche battuta informale, l'invio di meme e video virali sui docenti. C'era anche qualche piccolo svantaggio, facilmente superabile. Come quando Laghi aveva dovuto chiedere il modello delle programmazioni iniziali per materia e della relazione del coordinatore. Aveva dovuto farlo tramite email. A ogni modo, i modelli arrivarono: uno da parte della professoressa Mangani e uno dal professor Proietti. Diversissimi. Come loro. Sembrava che avesse fatto due richieste diverse, eppure le relazioni, tranne negli argomenti trattati, avrebbero dovuto somigliarsi. Quello di Adelaide Mangani contava una decina di pagine, era dettagliatissimo, non c'era un solo refuso. I titoli dei libri di testo erano scritti in corsivo, per ogni argomento che avrebbero trattato c'era il numero delle pagine corrispondenti sui manuali, per ogni alunno c'era una postilla, per tutelarsi in caso di ricorso, le fasce di livello riflettevano la media matematica e non erano previste uscite, progetti e laboratori che le facessero perdere tempo. Ennio Proietti, invece, aveva inviato un documento che arrivava sì e no a due facciate. L'intestazione recitava "Liceo scientifico statale Marie Curie, anno scolastico 2016-2017". Non si era nemmeno preso la briga di modificare l'anno, era chiaramente un copia e incolla di quelli precedenti. Cambiavano solo i nomi degli studenti, "tanto sono cose che non legge nessuno e non servono a nulla". C'era chi, nel corso della sua carriera, prometteva che un anno avrebbe inviato, al posto delle relazioni richieste, una ricetta, un capitolo della tesi di laurea, il testo di una canzone. Chissà se qualcuno l'ha mai fatto per davvero... Sicuramente non sarebbe stata la Mangani, e nemmeno Laghi. Invece, si potrebbe scommettere qualcosa su Proietti, che amava le provocazioni, come del resto la sua materia portava a fare. Su quel documento, ogni insegnante avrebbe dovuto presentare la classe dal punto di vista didattico e disciplinare, compilare delle fasce di livello in base ai risultati dei test d'ingresso e delle prime valutazioni, indicare in linea di massima gli argomenti e gli autori che avrebbe voluto affrontare, le uscite e i laboratori...

Poi c'era una sezione dedicata ai "casi particolari" e per mettere le mani avanti, come avrebbe fatto la Mangani per la quale "prevenire è sempre meglio che curare", Laghi vi scrisse il nome di Rebecca. Non tanto perché lei fosse *un caso*, quanto perché era decisamente *particolare*.

Top nero elasticizzato con seno prosperoso in bella vista, pantaloncini di jeans strappati, stivaletti, tatuaggi sparsi su tutto il corpo, piercing su lingua, naso e orecchie, capelli tinti più o meno ogni mese di un colore diverso, ciglia finte e unghie ricostruite con il gel rigorosamente all'ultima moda. Questa era Rebecca. *Nomen omen* dicevano i latini, cioè "nel nome è racchiuso il destino". La Rebecca biblica era la moglie di Isacco, un importante patriarca ebraico. E il suo nome significa *connessa*, *legata*, ovviamente al marito e a Dio. La Rebecca della 4C, invece, era sì connessa, lo era sempre, ma sui social network: Instagram, meglio ancora TikTok, dove aveva 100k follower e 3,2 milioni di like, e BeReal. Ovviamente restava escluso Facebook, una cosa da boomer, che erano quelli del boom economico, ma Rebecca non sapeva nemmeno cosa fosse il boom economico, perché era programma di storia del quinto anno, e comunque non l'avrebbe saputo, come sosteneva la professoressa Mangani con sarcasmo, perché "non era una che perdeva tempo a studiare". E forse non lo avrebbero saputo nemmeno quelli che studiavano, perché la storia nella scuola italiana sembra fermarsi alla Guerra fredda, se va bene. A ogni modo i boomer per lei erano i *vecchi* come la Mangani, appunto, senza bisogno di tante spiegazioni. E anche Proietti, per quanto le stesse più simpatico. Il professor Laghi non era vecchio ma era strano, perché a lui non sembravano interessare cose che invece alla sua età avrebbero dovuto riguardarlo.

Alessandro Laghi in verità era meno sprovveduto di quanto Rebecca pensasse. Sapeva benissimo che le ore di lezione lei le passava al cellulare, ma c'erano infinite motivazioni per fare finta di nulla: non perdere il filo del discorso e arrivare così alla fine di una scena della *Locandiera* di Goldoni; vedere fino a che punto si sarebbe spinta; non sottrarre tempo prezioso a chi era preso dalla lettura... Sapeva anche che lei non era la sola a usare il telefonino durante le lezioni, ma era l'unica che si sentiva legittimata tanto da non nasconderlo, perché aveva una community che la aspettava.

E la community vuole essere intrattenuta, pretende che lo spettacolo continui sempre, vuole emozioni. A quel suo pubblico si dedicava Rebecca, durante l'ora settimanale dedicata invece da Laghi alla lettura dei testi teatrali, dalla tragedia greca alla commedia latina, da Shakespeare a Testori. Questa volta era il turno della commedia riformata, ma lei si stava chiaramente dedicando a un altro tipo di commedia.

«Rebecca, di cosa stiamo parlando?» aveva chiesto Laghi, evitando il tono severo.

«Di Goldoni, prof! E ora non mi rompa le palle, perché le ho detto quello che voleva sentirsi dire.»

Non era una che in genere si rivolgeva agli insegnanti con le parolacce, ma sapeva che con Laghi poteva farlo; non perché fosse più buono o alle prime armi, ma perché lui amava il loro linguaggio, le loro provocazioni, e le accoglieva tutte, per poi dare una risposta con calma, al momento opportuno.

«Bene, però io ho chiesto *di cosa* stiamo parlando, e non *di chi*» aveva risposto Laghi, senza minimamente accennare a quel "non mi rompa le palle", che aveva di buono, a ben pensarci, l'uso del congiuntivo. Al silenzio di Rebecca aveva continuato lui: «Stavamo parlando di Mirandolina, una donna come te, che amava la seduzione. Indirettamente, stavamo parlando di te. Non ti interessa?».

Rebecca si alzò bruscamente e uscì dalla classe, senza nemmeno rispondere. Evidentemente no, non le interessava. Ma era solo apparenza. Laghi sapeva di gettare dei semi ogni volta che apriva bocca, anche quando non voleva. Accadeva anche con gli studenti più sicuri di sé, persino con Rebecca, che era davvero un *caso particolare*. Tanto che nessuno aveva fiatato, dopo la sua fuga dalla classe.

Nonostante i compagni riconoscessero l'atteggiamento talvolta inopportuno di Rebecca, per lei avevano una sorta di devozione. Non osavano contraddirla, perché era l'idolo dei loro coetanei. Tutti l'avrebbero voluta come compagna di classe, o di banco. Per i ragazzi, meglio ancora, di letto. Con la scusa di un tramonto, una spiaggia o un piatto *fit*, metteva in mostra le sue forme – se vogliamo essere scientifici – e i suoi lati A e B, se invece vi appassionano le lettere. Lo faceva senza malizia, a suo dire, ma l'effetto era quello di *eccitare*, alla latina, di "chiamare fuori". Era l'idolo supremo delle ragazze, che volevano essere come lei e talvolta la invidiavano, e dei ragazzi, che volevano essere con lei. *Su* lei. *In* lei. Si potrebbero provare numerose preposizioni, e tutte andrebbero bene. Eppure nella sua vita un ragazzo c'era, Riccardo, presente anche sui suoi profili social. Era lui che spesso le scattava le foto. E quegli scatti, per i suoi follower, significavano una cosa: che a lui andava bene così e che non era geloso.

Rebecca aveva conquistato il mondo dei social da protagonista attiva e non da spettatrice passiva agli inizi del terzo anno di liceo. Aveva aperto un profilo privato in cui postava video un po' cretini con le amiche, davanti allo specchio, mentre si truccava, o foto del suo ultimo tatuaggio. Insomma, tutto quello che potrebbe esserci sul profilo di una teenager. Di diverso dalle altre c'era il fatto che era *la figa* della scuola, e quindi ai like di amici e conoscenti si aggiungevano quelli dei compagni di banco, di classe, di scuola, del quartiere, di Roma, per poi arrivare a un seguito nazionale. Rebecca amava andare in palestra, faceva ginnastica ritmica da quando aveva cinque anni. Curava il fisico e, da quando aveva acquisito autonomia in cucina, amava preparare spuntini ipocalorici e proteici. Un giorno, con Francesca, la sua amica del cuore, aveva preparato delle barrette ai datteri, burro d'arachidi e farina d'avena.

«Mmm... che belle! Dovresti pubblicarle su Instagram!»

«Ma, Fra, sono delle barrette che fanno tutti.»

«Io no, ad esempio. E ora che so la ricetta, non vedo l'ora di rifarle. Anzi, facciamo così: vediamoci domani.»

«Domani?»

«Sì, domani! Le rifai e mentre cucini io ti faccio il video

e poi lo carichiamo.» A Francesca sembrava di aver avuto l'idea del secolo, ma per Rebecca era solo una delle tante cazzate della sua amica. Una delle solite idee di merda, come quella di andare, qualche settimana prima, a una festa a Ponte Milvio in scooter, per vedere di trovare Ludovico di 5C, un tipo più grande che piaceva a Francesca. Risultato: Ludovico non era alla festa, e loro due erano state multate perché non indossavano il casco.

«Vabbè, ci sto. Ma non domani, che non saprei dove metterle tutte queste barrette. Vediamoci da mio padre, che ha la piscina e dopo ci facciamo un tuffo. Anche perché mia madre lo sai com'è fatta, che si incazza se vede che non studio» aveva risposto Rebecca, arrendendosi a Francesca, che in fondo era la sua migliore amica e ogni tanto bisognava accontentarla.

«Rebby, tesoro, sono tornata! Ci sei tu in casa?» aveva urlato la voce della madre dall'ingresso, interrompendo la discussione. "Persona trista, nominata e vista" o *lupus in fabula*, ma era latino e Rebecca lo masticava poco. Era una di quelle che "aveva testa, ma non si applicava" e raggiungeva sempre gli obiettivi minimi facendo lo stretto indispensabile. L'unica cosa che masticava erano le gommine durante le ore di lezione, con un atteggiamento quasi fastidioso per Laghi, figurarsi per la Mangani con la quale, però, non osava farlo. Non perché la temesse, ma perché trovava noioso il modo in cui le avrebbe spiegato il perché non andasse fatto.

«Sì, mamma. C'è anche Francesca. Abbiamo preparato delle barrette proteiche come spuntino pre-workout.»

«E non avete fatto i compiti?»

«Sì, anche» aveva risposto alla madre.

«Visto? Che ti dicevo! Mia madre è un'arpia, per questo è meglio vederci da mio padre. Ti passo a prendere io, e ricordati il casco stavolta» aveva fatto notare Rebecca a Francesca, abbassando la voce.

E la settimana dopo, per avere altre barrette e per accondiscendere almeno una volta alle opinabili idee di Francesca, si erano incontrate, come d'accordo, a casa del padre.

«Vai, mettiamo le ciotoline con tutti gli ingredienti già sul tavolo. Io ti riprendo, mentre tu le prepari. Poi registriamo la voce sopra.»

Quel video, caricato così per gioco, era diventato virale. Rebecca era in costume e nemmeno ci pensava al fatto di essere ripresa, concentrata soprattutto sul bagno che avrebbe fatto subito dopo in piscina. In quell'ottobre romano faceva ancora caldissimo. Era bastato quel costume, il seno in bella vista e qualche gesto malizioso seppure involontario, per trasformare quella ricetta uguale a tante altre nel video da mandare agli amici maschi, a chi voleva preparare una barretta proteica, alle amiche che desideravano quel fisico.

E allora perché non continuare, viste le 100k visualizzazioni? Così, Rebecca e Francesca avevano cominciato a ritrovarsi ogni martedì pomeriggio, dopo scuola, perché i video andavano necessariamente caricati il mercoledì alle 19, quando la *reach* era più alta. Sì, le due amiche avevano scoperto che ci sono giorni e orari migliori rispetto ad altri, e lo stesso video caricato in un'altra giornata, o addirittura in un momento diverso della stessa giornata, rischiava di raggiungere meno persone. Avevano capito che l'ingrediente principale del successo era la costanza nella pubblicazione, la stessa che avrebbe garantito loro ottimi risultati anche nello studio, che però stava diventando secondario. La media del registro elettronico parlava chiaro.

«Rebby, cosa sta succedendo a scuola?» La domanda era arrivata, infine, quando i numeri di Rebecca ormai la qualificavano come *influencer.*

«Che palle, ma'!»

«Non ti rivolgere a me con questo tono!» aveva risposto Elisabetta, che si sentiva terribilmente sola nell'educazione della figlia, da quando lei e il marito si erano lasciati.

«Chiamerò la mamma di Francesca per capire che cosa fate voi due sempre insieme. Anzi, esci da camera tua e scendi che la chiamo ora.»

Rebecca non la sopportava più. Non tollerava queste scene patetiche della madre, che si traducevano in figuracce pietose per lei, soprattutto quando avvenivano in presenza dei suoi coetanei. Come quando, la sera della festa a Ponte Milvio, Elisabetta era andata a recuperarla mettendo su un teatrino davanti a tutti i suoi amici. Perché s'impicciava così tanto nella sua vita, dal momento che, tutto sommato, il sei lo portava a casa e non era mai stata bocciata?

«Mamma, non ci provare!»

«Sono tua madre, e finché vivrai sotto questo tetto, le regole le decido io.» Rebecca si domandava spesso perché il giudice avesse stabilito che doveva passare la maggior parte del tempo con sua madre. Non è che preferisse il padre, anzi, però almeno lui le lasciava quella libertà di cui ora aveva bisogno, e che forse in futuro, con una maturità diversa e uno sguardo nuovo sulla vita, avrebbe condannato, accorgendosi che il suo non era che menefreghismo e mancanza di attenzioni. Ma ora le serviva, aveva bisogno di un padre che non si accorgesse dei suoi pomeriggi passati senza aprire un libro per studiare. Sua madre, invece, vedeva benissimo quel che stava accadendo, e voleva capirne anche le ragioni. Così, incurante della rabbia di Rebecca, aveva fatto quella telefonata.

«È di Rebecca che ti volevo parlare» aveva detto, dopo un breve convenevole. «Ultimamente sta peggiorando a scuola. È un continuo di voti rossi sul registro elettronico.»

«Non dirlo a me. Anche Francesca, da quando si sono messe a fare quei video in cui sembrano due deficienti. Scusa, sai.»

«Quali video?» aveva chiesto Elisabetta, del tutto ignara.

«Ma come? Non lo sai? Impossibile… Li girano a casa di Giuliano, il tuo ex marito. Va bene che non state più insieme, ma pensavo lo sapessi.»

"Tutta colpa sua, lo sapevo. Quel bastardo pezzo di merda. Scema io che l'ho sposato, e che ci ho fatto una figlia. E per fortuna che mi sono fermata a una." Avrebbe voluto rispondere così, invece si era voltata verso la figlia con sguardo furente, limitandosi semplicemente a dire: «Grazie per l'informazione». Poi aveva salutato la mamma di Francesca, per rivolgersi a Rebecca.

«Fammi vedere i video.»

«Ma, mamma…»

«Subito.» Il suo tono non ammetteva repliche e Rebecca non aveva osato ribellarsi, tanto ormai il guaio era fatto.

«Vado a prendere il telefono in camera» aveva risposto, improvvisamente mansueta.

«E guai a te se li cancelli prima di avermeli fatti vedere!» Rebecca non ci pensava minimamente a cancellare quei video così preziosi. Migliaia di visualizzazioni!

Aveva sbloccato il telefono e glielo aveva passato. Lei li aveva fatti scorrere, uno dopo l'altro.

«Ma ti sei rincoglionita del tutto? Sei praticamente nuda! E tuo padre non dice nulla quando ti vede?» aveva detto poi, con voce raggelante.

Rebecca provava un misto di imbarazzo e repulsione per una madre così. Ancora non sapeva che per tutti, a quell'età, le madri erano per un motivo o per un altro la copia di Elisabetta,: fonte di imbarazzo e disagio.

Ovviamente non era finita lì, perché il successo di Rebecca era cresciuto rendendolo impossibile da ignorare. La questione era diventata di pubblico dominio, anche a scuola, tra i professori. Anche Laghi, in classe, avrebbe voluto porle la stessa domanda: "Ma ti sei rincoglionita del tutto?". Magari con l'eleganza e la delicatezza che lo contraddistinguevano, ma alle orecchie di Rebecca il discorso che poi aveva scelto aveva fatto il medesimo effetto.

«Rebecca, sei una ragazza in gamba» le aveva detto Laghi durante un intervallo, che lui, come al solito, riusciva a trasformare in uno dei momenti più proficui della giornata. Gli bastavano dieci minuti. Solo dieci tra una lezione e l'altra, per mettere in discussione le vite di quei ragazzi. «Io ti conosco da poco, ma ho spulciato le tue pagelle e sono certo di quello che dico. Perché ti stai perdendo così?»

«Non sono mica Dante, prof!»

Quella risposta aveva reso Laghi fierissimo di lei. Pensare che Rebecca abbinasse il verbo *perdere* al verbo *smarrire*, che appartenevano alla stessa sfera semantica… Poi Rebecca aveva paragonato se stessa al Poeta. Geniale. Il che confermava quello che Laghi le aveva appena detto. Anche se il merito di questo accostamento non era suo, perché l'*Inferno* lo avevano studiato l'anno prima, proprio quando Rebecca e Francesca avevano iniziato a girare quei video.

«Be', forse sì. Forse avresti bisogno di un Virgilio che ti guidi e che ti prenda per mano. Io ho un vecchio telefono, che uso solo per fare e ricevere chiamate. Non condanno i social e la tecnologia, anzi. Riconosco il loro potere e il loro enorme potenziale, ma so che ne resterei intrappolato; per questo preferisco starne alla larga. Tanto le cose importanti, quelle importanti per me, dico, le vengo sempre a sapere. Ad esempio, so che hai aperto un profilo in cui ti metti in mostra e dispensi ricette ed esercizi per i glutei.»

Rebecca aveva provato imbarazzo, solo quello, senza l'ostilità che aveva invece provato con la madre.

«Facciamo così. Ti lancio una sfida, o come dite voi una *challenge*» aveva continuato Laghi. Rebecca aveva accennato un sorriso, quanto bastava perché Alessandro se ne accorgesse. «Ridi perché ho detto *challenge*? Anche se sono fuori dai giochi, riesco comunque a stare al passo coi tempi.»

«Di cosa si tratta?»

Quella parola e il fatto che Laghi si fosse accorto del suo sorrisetto beffardo bastavano a trattenerla per sentire almeno di cosa si trattasse. Poi magari la cosa sarebbe morta lì.

«Perché non approfitti del seguito che hai per raccontare la Bellezza? Quella con la B maiuscola.»

Rebecca non capiva. Da quando c'erano bellezze di serie A e bellezze di serie B? La bellezza era una e basta.

«Cosa intende?»

«Perché non approfitti del seguito che hai per raccontare *chi* sei, e non *cosa* sei?»

La questione era sempre quella, la stessa che si era manifestata quando Rebecca era stata beccata con il cellulare durante la lezione su Goldoni. Si giocava tutto lì, nel rapporto tra sostanza e forma. E nel caso di Rebecca, forma era un *pluralia tantum*: forme. Le sue forme. Rebecca non capiva e la conversazione era finita lì, interrotta dalla campana, ma Laghi era certo di aver turbato un equilibrio.

REBECCA #2

Roma, dicembre 2019

A dare lo scossone definitivo all'equilibrio, però, non era stato il professor Laghi.

«Avete sentito?», «Avete visto il video?» Queste erano le due domande più frequenti di quella mattina tra il giardino, l'androne e i corridoi del Marie Curie. Rebecca era abituata al fatto che si parlasse di lei. Senza darci peso, pensava semplicemente che i compagni di scuola si riferissero all'ultimo video, che in effetti aveva fatto un numero impressionante di visualizzazioni.

«Rebby hai visto?» le aveva detto Francesca tutta affannata.

«Francy, ti ci metti pure tu? Pensavo ti fossi abituata alla nostra popolarità, almeno qui a scuola.» Da quella risposta Francesca aveva capito che Rebecca era tragicamente all'oscuro di tutto. «Questa volta è diverso. Vieni con me.» Francesca aveva portato Rebecca nel bagno della palestra, lontano da quegli sguardi che, effettivamente, erano diversi dal solito.

«Che c'avete tutti stamattina?» aveva chiesto Rebecca, che non voleva rinunciare al suo modo di fare, sicuro e un po' strafottente, come se lei fosse superiore a tutto.

«Rebby, siediti» le aveva detto Francesca. «Ti ricordi il nostro video della torta di zucchine *fit*?»

«Certo che me lo ricordo.»

«Ecco. È finito su quella pagina con tutti quei post trash...»

«Fammi vedere» aveva ordinato Rebecca, sentendo accendersi dentro una sensazione strana. Panico? Paura? Sconcerto? Un miscuglio di tutte queste emozioni?

«Aspetta. Il problema non è il video, ma i commenti. Sai com'è, i coglioni fanno a gara a chi scrive la cosa più idiota per avere like.» Rebecca nemmeno ascoltava. La sua unica preoccupazione era vedere il video, che pure conosceva bene, dato che lo aveva interpretato, montato e caricato lei. Poi sarebbe passata ai commenti.

«Sei sicura che vuoi leggere?» aveva chiesto Francesca.

«Certo, dammi qua.»

@xjzuhy: Se ti do la mia zucchina viene la stessa torta?

@marcello456_789: Vorrei montarti come fai tu con quelle uova!

@no_name_2341678: Ammazza che ti farei... 🔥

@quelloli__: Sei fida?

@__<<__: Esperta cul...in...aria!

Rebecca sentiva le gambe tremare. Per fortuna Francesca aveva avuto l'accortezza di portarla in palestra, un luogo appartato e lontano da tutti.

«Tieni, bevi un po' d'acqua. E asciugati le lacrime.

Non puoi farti vedere così» le aveva detto, dimostrando di conoscerla davvero.

«Ma io resto qui. Non ci torno su, davanti a tutti» aveva replicato Rebecca, che era scossa davvero.

«Rebby, non possiamo star qui tutto il giorno. La campanella è suonata da cinque minuti e sai che la Mangani non perdona. Se mi mette l'assenza, arriva la notifica sul registro elettronico e mia mamma mi fa il culo.»

La mamma. Rebecca si era completamente dimenticata di Elisabetta, sua madre. L'angoscia di un ulteriore rimprovero e delle spiegazioni che avrebbe dovuto dare finì per convincerla a farsi forza e accettare l'inevitabile: tornare in classe.

Francesca l'aveva salutata con un: «Tranquilla, ci vediamo all'intervallo» ma per lei era facile. Non c'era lei, su quel profilo pieno di commenti orribili, benché il video fosse anche un po' suo. Tra Rebecca e Francesca era sempre stato così: unite, ma non in tutto.

Amiche da una vita, avevano frequentato insieme tutte le scuole, fino alle superiori. Erano state combattute fino all'ultimo: stesso indirizzo e stessa classe per non perdersi di vista, oppure ognuna per la propria strada, seguendo le proprie inclinazioni? Grazie anche ai genitori, avevano fatto la scelta più saggia, trovando un buon compromesso: indirizzo diverso, ma stesso liceo. La differenza di percorsi non sarebbe stata così drastica e avrebbero condiviso perfino alcuni insegnanti. Così, a Francesca spettavano due pallosissime ore di letteratura con la Mangani e a Rebecca due ore con Laghi. Meno pallose di quelle della Mangani, ma pur sempre di letteratura italiana si trattava.

«Alla buonora!» aveva esclamato Laghi a Rebecca, mentre la Mangani aveva già segnato l'assenza di Francesca sulla sua agenda, per poi riportare il ritardo sul registro elettronico una volta arrivata a casa, rigorosamente dopo aver dato da mangiare a Seneca e Nerone.

Rebecca era andata al suo banco senza salutare, a testa bassa, perché il trucco era sbavato e lei preferiva non farsi vedere in quello stato.

«Mamma mia, poverina!», «Vabbè, prima o poi doveva capitare!», «Dai! Non guardatela così: non davanti a lei!»...

«Che avete voi da bisbigliare?» aveva chiesto Laghi alla classe, che sembrava insolitamente agitata, per essere la prima ora.

«Non lo sa, prof?» aveva chiesto Marco. Jocelyn l'aveva fulminato con uno sguardo facilissimo da interpretare: "Sei proprio un idiota" gli stava dicendo.

«No! Non so nulla. Che succede?»

«Rebecca è finita su una di quelle pagine da milioni di follower...»

«Be', è quello che voleva, no?»

«Non proprio.» Marco non era il tipo che si faceva scrupoli. «È una pagina dove mettono tutto il trash italiano e la gente si diverte a commentare. E chiaramente le hanno scritto le peggio cose.» Non aveva fatto in tempo a finire la frase che Rebecca si era alzata ed era uscita dalla classe, gridando un sonorissimo: «Vaffanculo, stronzo!».

«Serena, Jocelyn, Martina, Eleonora... Una di voi, vada a vedere dov'è finita Rebecca e ditele di tornare in classe.»

Martina si era offerta, chiedendo però che Serena l'accompagnasse.

Laghi aveva acconsentito, senza chiamarla per nome perché l'avrebbe certamente scambiata con la gemella Margherita. «Ma non fate confusione che gli altri hanno già iniziato a lavorare» aveva detto, invece.

Solitamente Laghi amava prendersi del tempo, prima di affrontare questioni e discorsi. Gli piaceva prepararsi, infatti aveva passato il giorno prima a rivedere una lezione su Parini e ad appuntarsi qualche domanda di ripasso per creare un raccordo con la lezione precedente, ma questa volta la vita di Rebecca sembrava bussare con assoluta urgenza. E andava affrontata, subito. Così, appena le ragazze erano rientrate, era andato dritto al punto.

«Rebecca, nessuno ama mostrarsi in lacrime, ma in questo momento sono io il responsabile di quello che vi succede qui dentro, per cui ho bisogno che tu stia qui in classe. E non voglio perderti di vista solo per una questione burocratica e di responsabilità: vorrei davvero sapere cosa è successo, sentirlo da te e non da altri.»

Erano questioni che Laghi solitamente affrontava in privato, durante l'intervallo, ma Rebecca aveva fatto della sua vita una *res publica*, una cosa pubblica, e doveva imparare a gestirne le conseguenze. Non poteva tirarsi indietro, soprattutto adesso. O comunque, non di fronte ai suoi compagni che erano le persone reali della sua vita, le uniche alle quali doveva rendere davvero conto, a differenza dei follower, che avevano tanto potere su di lei, ma non erano reali. Non erano i follower che lei incontrava ogni mattina, non era con loro che passava sei ore tutti i giorni in un'aula di quarantacinque metri quadrati, non era a loro che parlava del rapporto con sua madre e delle litigate con Riccardo, il suo fidanzato.

«Ho caricato il video di una ricetta *fit* sui miei canali, dove sono in costume. Qualcuno l'ha inviato senza il mio consenso a una pagina molto seguita e ora milioni di persone lo hanno riempito di commenti offensivi.»

«Rebecca, dovresti sapere che nel momento in cui condividi qualcosa, anche fosse un segreto con la tua migliore amica, quella cosa non ti appartiene più. Non ne sarai mai più l'unica padrona, è qualcosa di irreversibile.» Poi Laghi si era rivolto a tutti, per non far sentire Rebecca sotto accusa: «Questo non è un invito a non fidarvi di nessuno, anzi, è bene che costruiate relazioni e abbiate amici di cui fidarvi, ma talvolta purtroppo capita di fidarsi delle persone sbagliate e di venire traditi, perfino dagli amici... Figuratevi quanto tutto questo può essere amplificato sui social, dove i rischi sono moltiplicati potenzialmente all'infinito. Voi, senza pensarci, state mettendo la vostra vita nelle mani di sconosciuti. Queste persone...»

«I follower, prof» lo aveva interrotto Marco.

«Sì, loro. Grazie Marco. Dicevo... queste persone» aveva ripetuto, come se inconsciamente avesse un rifiuto per la parola *follower* «esistono, ma non sono reali. Mi spiego: reale sono io in questo momento di fronte a voi. Frasi come "Rebecca, sei veramente stupida", "Non sai cucinare", "La gente ti segue solo per il tuo fisico" non ti dovrebbero toccare, se le pronunciano degli sconosciuti come @Panzerotto92.»

La classe si era lasciata andare a una risata fragorosa, che per un istante aveva fatto dimenticare a tutti il motivo per cui non stavano parlando di Parini. «Dovrebbe scuoterti, agitarti e turbarti se te lo dicesse Francesca, Jocelyn o Serena.»

«Un climax, prof» aveva detto Paolo, con lo sguardo rivolto verso la finestra. Sembrava non avere alcun interesse per quello che stava succedendo, ma quell'esclamazione tradiva la sua partecipazione.

«*Una* climax. È femminile... Comunque sì, scuotere, agitare e turbare sono una climax.»

«No, prof! Io mi riferivo a Francesca, Jocelyn e Serena. Le ha messe in ordine di bellezza. Serena è la più bella!»

«Che simpatico» aveva commentato Jocelyn, mentre il volto di Serena rivelava un profondo imbarazzo. Laghi era felice soprattutto perché Paolo aveva riconosciuto una figura retorica. Decise comunque di tornare al punto che gli interessava. «Io sono reale, Francesca è reale. Con lei hai iniziato questo progetto, è lei che incontri tutte le settimane per girare i video. Jocelyn e Serena sono reali, perché con loro condividi cinque giorni su sette a scuola. È di loro che ti devi preoccupare, della stima che provano per te, di come passate il tempo insieme...»

«Che cosa posso fare ora? Mia madre mi ammazza se lo scopre» aveva detto Rebecca, rivelando le sue paure. Le parole del professore avevano avuto uno strano effetto su di lei: sembrava piccola, vulnerabile; insomma, tutto quello che non era in video. Era l'altra Rebecca, quella struccata, che piangeva e usciva di casa in tuta e cappellino, che scherzava con Riccardo senza preoccuparsi di nulla. Era Rebecca, senza maschere e mascara.

«Non pensare a tua madre. Ti trovi davanti a un trivio, come la Fontana di Trevi.»

«Che c'entra la fontana?» era intervenuto Marco.

«Come? Voi che siete di Roma non sapete perché la fontana più famosa d'Italia si chiama di Trevi?»

«Ne abbiamo tante di fontane, a Roma... Non possiamo conoscere la storia di tutte» aveva risposto, suscitando ancora una volta l'ilarità della classe, ma al contempo testimoniando una reale curiosità per la questione.

«Semplicemente perché si trova all'incrocio di tre vie, di qui Tre-vi.»

I ragazzi sapevano che queste sarebbero state le uniche due cose che avrebbero portato a casa da quella giornata di scuola: la lezione di vita suscitata da Rebecca e l'aneddoto sulla loro città. Il resto, i distici elegiaci spiegati dalla Mangani, il pensiero dei filosofi illustrato da Proietti e le trame delle opere di Shakespeare con la Tosarelli sarebbero finite nel dimenticatoio di lì a poco, come anche i versi di Parini se Laghi avesse avuto la possibilità di fare lezione.

«Ora, Rebecca,» aveva ripreso Laghi «ci sono tre strade davanti a te. Fare un video in cui racconti come ti senti, pretendi delle scuse e sensibilizzi gli utenti a pensare alle conseguenze di ciò che scrivono. Sospendere i tuoi account, che per te sembrano essere tossici, almeno in questo momento della tua vita. Restare sui social, ma trovare una strada che ti veda meno esposta e mettere in mostra il tuo talento e non il tuo fisico.»

Era, dunque, necessaria una scelta razionale.

Ragione 1 - Cuore 2.

REBECCA #3

Roma, dicembre 2019

Rebecca non sapeva proprio che cosa fare. Sicuramente la risposta era in una di quelle tre vie che le erano state prospettate, ma da sola non aveva gli strumenti per scegliere quale percorrere. Nemmeno Francesca questa volta sembrava la persona giusta alla quale rivolgersi. Ci voleva un adulto per risolvere una questione più grande di lei. E subito si era detta: "No, non posso. Non può essere lei la soluzione. Tutti, ma non *lei*". Eppure l'unica che le veniva in mente era sua madre.

«Mamma!» aveva esclamato quella sera, in lacrime, vedendola rientrare a casa dal lavoro. Elisabetta aveva avuto un sussulto. Erano mesi, forse anni che Rebecca non si rivolgeva più a lei in quel modo. Di solito la chiamava pronunciando solo le prime due lettere, spesso seguite da un «Che cazzo vuoi?» o un: «*Nun me rompe i cojoni*». Questa volta, invece, si era appoggiata sul petto di Elisabetta che con l'amore di una madre l'aveva accolta senza minimamente preoccuparsi delle macchie che il trucco sbavato della figlia le avrebbero lasciato sul maglioncino a girocollo bianco appena comprato in vista del Natale.

«Tesoro, che succede? È successo qualcosa con Riccardo? Vi siete lasciati?» Elisabetta apparteneva ancora a una generazione per cui i drammi erano molto probabilmente drammi d'amore.

«Mamma, ti prego, non prendertela con me» aveva risposto Rebecca. Elisabetta, a questo punto, non sapeva proprio cosa aspettarsi, ma come tutte le madri aveva già intuito qualcosa. Era rimasta in silenzio, sapendo istintivamente che era la scelta giusta.

«Hai presente quei video che faccio con Francesca e che carichiamo sui social?»

"Quelli che sono mesi che ti dico di non fare perché ti tolgono tempo allo studio?" avrebbe voluto risponderle, ma, con quel silenzio, aveva fatto la promessa di non giudicarla.

«Uno di questi è finito su una pagina con milioni di follower.» Elisabetta l'aveva guardata con preoccupazione. Non aveva migliaia di follower come sua figlia, ma qualcosa sui social la sapeva comunque.

«Che cosa posso fare? Possiamo denunciare la cosa alla polizia? Ti ho sempre avvertito di starne alla larga!» aveva cominciato.

Rebecca, ricordandosi di quello che era stato detto la mattina in classe, aveva spiegato che tutto ciò che veniva condiviso online era di dominio pubblico, e la gente poteva farne ciò che meglio credeva. «Il problema non sono le persone che lo hanno visto, ma i commenti che hanno lasciato sotto il video. Non so come fare.»

Neppure Elisabetta lo sapeva, ma aveva finito tuttavia per arrivare alla stessa conclusione di Laghi: «Tesoro, ma tu conosci queste persone?».

«No, mamma. La maggior parte di loro no. Conosco solo i miei compagni di scuola, che mi hanno difesa rispondendo a quei commenti idioti» aveva risposto Rebecca, cedendo alle lacrime.

«Ecco. È con loro che ti devi confrontare, con gli amici con cui tu e Francesca andate a Ponte Milvio sperando di trovare Ludovico.»

«Come fai a sapere di Ludovico?» aveva ribattuto Rebecca, dimenticandosi per un istante del suo dramma.

«Lascia stare, una mamma sa molto di più di quello che fa intendere...»

Rebecca, per un istante, aveva guardato la madre con uno sguardo nuovo, cogliendo in quella sua opprimente presenza un sentimento che mai aveva notato: era amore.

«Ora sei qui con me ed è questo che conta. Tutti quelli che hanno detto delle idiozie nei tuoi confronti sono sconosciuti che devi ignorare. Questi sono gli istanti di vita vera, le occasioni che nessuno ti restituirà più.» Per sdrammatizzare e spezzare il cerchio delle lacrime in cui rischiava di cadere anche lei, le aveva fatto una proposta: «Perché non approfittiamo di questo momento, io e te, noi due da sole, per andare a visitare Galleria Borghese?».

"Che palle, ma'!" sarebbe stata la risposta di Rebecca in qualsiasi altra occasione, ma questa volta Elisabetta sembrava essere una valida alleata, forse la sola che avesse.

«Mi ha detto la prof di arte che sei andata benissimo nella verifica su Bernini.» Rebecca l'aveva addirittura dimenticata, quella verifica, anticipata tra l'altro di qualche mese, perché i suoi insegnanti avevano progettato un'unità di apprendimento multidisciplinare sulla *metamorfosi*. Rebecca aveva studiato perché la madre non vedesse l'ennesimo voto incastonato in un cerchio rosso, ma Bernini e Borromini per lei erano praticamente la stessa persona. O almeno, questo era ciò che avrebbe detto a chiunque avesse sollevato l'argomento. In verità, lo studio di quelle personalità e delle loro opere si era radicato in lei, aveva messo piccole radici.

«Okay» aveva detto, pensando che forse le sarebbe servito per non pensare a ciò che stava accadendo online. La sua vita sembrava andare così a rotoli che un pomeriggio con sua madre in un museo non poteva ormai fare la differenza.

Con quello spirito si era ritrovata davanti all'*Apollo e Dafne* in un giorno insolitamente tranquillo per il museo, forse per le imminenti vacanze natalizie. Davanti alle esclamazioni di meraviglia di sua madre, Rebecca rispondeva a monosillabi e mugugni.

Continuava a pensare al video diffuso online, eppure qualcosa in lei si muoveva, come avrebbe detto Galileo Galilei, alla vista di quei due giganti di pietra. Quelle gambe così perfette che diventavano radici, quei capelli che si tramutavano in foglioline scolpite così sorprendentemente nel dettaglio riportavano alla mente quella lezione interdisciplinare con la Cristofori, la prof di storia dell'arte, che mostrava l'opera nata da un blocco di marmo, e la professoressa Mangani, che aveva letto il mito delle *Metamorfosi* di

Ovidio in metrica latina. Tuttavia, ciò che aveva veramente sbloccato qualcosa in Rebecca era la lettura dell'opera che ne aveva fatto Laghi: una lettura svincolata dai tecnicismi, dalle regole degli esametri, dall'alternanza di sillabe brevi e sillabe lunghe, dal come si tiene uno scalpello in mano. Laghi aveva raccontato loro l'*essenza* di quella favola. Che poi era una delle varie essenze possibili, dato che nella letteratura, quasi per definizione, non esistono assoluti.

Era la storia di un cambiamento, come tutti i racconti dell'opera di Ovidio. Apollo aveva ucciso il serpente Pitone ed era andato a vantarsi con Cupido. Quale errore più grande! Sembrava che nessuno avesse ancora capito quanto fossero permalose le divinità. Cupido decise immediatamente di vendicarsi scagliando due frecce: una d'oro che faceva innamorare, e una di piombo che faceva respingere l'amore. Scagliò quella d'oro contro Apollo, e quella di piombo contro la ninfa Dafne, figlia di Peneo, che sfuggiva così ai desideri del dio. Stanca e stremata, decise di rivolgersi al padre, che accolse le sue preghiere e trasformò la figlia in un alloro, che divenne poi la pianta sacra di Apollo. Laghi ne aveva dato una lettura strana, nel senso di mai battuta prima. Aveva suggerito ai suoi studenti di non aver paura di cambiare, di dire le cose come stanno, perché se chi abbiamo intorno ci ama davvero, non si lascerà di certo spaventare dal nostro cambiamento. Così, Apollo, nonostante la ritrosia di Dafne, farà di lei la sua pianta sacra. Continuerà ad amarla, nonostante tutto. Serena, Rebecca e le altre ragazze della classe l'avevano trovata una storia molto maschilista, in cui un uomo s'impossessa di una donna nonostante lei non lo desideri affatto. Tutti questi pensieri, di fronte a quel marmo scolpito in maniera così perfetta, avevano acceso in Rebecca il desiderio di trattenersi ancora un po' nella stanza della Galleria e scattare una foto.

«Guarda! Non è la ragazza che è finita su quella pagina trash?» aveva bisbigliato una sua coetanea, proprio come era successo durante il suo ingresso a scuola. «Sì, è lei!» aveva esclamato un'amica più indelicata, addirittura indicandola. Elisabetta si era accorta di tutto. Fino a quel momento, forse, non aveva compreso davvero la gravità della situazione, ma vedersi spiattellata la realtà in faccia era molto più potente di ogni congettura teorica sui rischi del web. Figurarsi per Rebecca, con un dito puntato addosso. E questa volta non si trattava dei compagni di scuola, ma di perfetti sconosciuti.

«Mamma, andiamo via, non ci voglio più stare qui!» Elisabetta aveva stretto Rebecca in un abbraccio, come il manto della Madonna che avvolge il corpo di Cristo. Quell'abbraccio era un porto sicuro, ma non poteva essere la soluzione. Si erano rifugiate in macchina, era un giornata triste e uggiosa e la pioggia si confondeva con le lacrime di Rebecca che le rigavano il volto ormai dalle otto della mattina.

«Rebby, serve una soluzione! Cancellati immediatamente da ogni social!» Di nuovo, mamma e figlia non riuscivano a capirsi. Tolta la disavventura di quel video caricato su una pagina con ampia risonanza, Rebecca aveva una community che aspettava i suoi video settimanali, le sue Instagram Stories e i video su TikTok che mostravano pasti e spuntini sfiziosi per restare in forma.

«Mamma, non posso!»

«Deve succedere qualcosa di più grave perché tu capisca?»

«Sei tu che non capisci! Nemmeno ce li hai i social e pensi di saperne qualcosa!» I toni si erano di nuovo accesi, benché entrambe cercassero di usare delle accortezze l'una verso l'altra. Rebecca era grata a quello che la madre aveva cercato di fare per lei; Elisabetta, invece, comprendeva le difficoltà di quella giornata terribile per la figlia.

«Sono mesi che pubblico sui miei profili, la gente aspetta i miei video... Non posso mollare tutto proprio ora che i brand stanno iniziando a contattarmi.»

«Io non capisco né voglio capire, ma cerca almeno di non metterci la faccia, almeno fino a quando non avrai la maturità di gestire situazioni più grandi di te! Evita perlomeno di mostrare a tutti il tuo volto e, peggio ancora, il tuo seno e il tuo fondoschiena. Non capisci che la gente ti guarda solo per quello?»

«Solo per quello, no! Ci sono tantissime ragazze che mi ringraziano ogni giorno per i risultati ottenuti con le mie ricette e che mi mandano le foto del prima e del dopo, e io sono davvero tanto fiera di loro. Non posso lasciarle così...»

«Intanto, vorrei che mi spiegassi su quale base tu proponi ricette dietetiche senza una laurea e nemmeno un diploma. E poi, se questa gente cerca consigli e ricette non c'è bisogno che tu ti metta in mostra...»

Rebecca non aveva saputo rispondere. Il viaggio da Galleria Borghese a casa si era svolto nel silenzio assoluto. Sua madre aveva ragione, e del resto il mito di Apollo e Dafne parlava chiaro: l'amore che i suoi follower avrebbero provato per lei sarebbe andato oltre la sua forma. L'avrebbero amata sia come ninfa che come pianta.

Il fine settimana aveva aiutato Rebecca a fare chiarezza sulla questione, ma un aiuto ancora più grande era arrivato da quei pochi giorni di ponte che il Collegio dei docenti aveva deliberato per dicembre. Dopo appena tre giorni il video era stato dimenticato. La pagina che aveva diffuso il fenomeno Rebecca aveva nel frattempo condiviso le storie di due sorelle calabresi che cucinavano in maniera diametralmente opposta a ciò che poteva essere considerato sano; di un agente immobiliare che proponeva la vendita di case a Milano a prezzi inimmaginabili come se parlasse di pochi spiccioli; di una madre che coinvolgeva il marito e i tre figli a cantare un jingle sulla base di un famoso cartone americano… Tutto rigorosamente sotto lo stesso denominatore: il trash. *Trash* significa spazzatura e la parola non esprime solo il valore morale di un fenomeno, ma rimanda anche all'idea di qualcosa che sta nelle nostre case per poco tempo, e che poi dev'essere buttata. Così era avvenuto con la vicenda di Rebecca: era stata gettata via, come la spazzatura da un bidone dopo avere raggiunto il colmo.

Eppure la necessità di agire, di muovere un cambiamento era rimasta. Così aveva cercato Francesca, con cui tutto era iniziato.

Rebecca: Ciao Francy, come stai?
Francesca: Ehi, Rebby! Bene tu? 😘😘😘
Rebecca: Meglio!
Rebecca: Senti...
Rebecca: Volevo parlarti di una cosa.

Chissà perché i ragazzi provano questo bisogno di scorporare un unico testo in tanti piccoli messaggi più brevi. Chiaramente non erano nati quando i caratteri di un SMS si pagavano e bisognava cercare di condensare un messaggio nel più breve spazio possibile, anche a costo di scrivere tutto attaccato alternando maiuscole e minuscole, come avveniva negli anni Novanta, quando si scriveva più o meno così: "CMstai?DVdirti1CS!".

«Ho pensato tanto durante queste vacanze e io non voglio smettere di fare contenuti» aveva risposto con un audio.

Francesca: Menomale, Rebby! Non potevamo perdere tutto... 😂😂😂

Rebecca: Appunto. Però, se sei d'accordo, non voglio più metterci la faccia.

«Non starai mica pensando di mettermi in mezzo?! Sai che a me piace stare dietro la camera e non mi piace farmi vedere» aveva risposto Francesca, abbandonando la messaggistica per passare alla più tradizionale telefonata, perché la questione lo meritava.

«Ma figurati, Francy! Ti conosco... Stavo pensando di continuare a fare i nostri video, ma senza mettermi in mostra. Sono stata troppo male. Non voglio più comparire, se non nelle storie, che tanto dopo ventiquattr'ore spariscono.»

La soluzione a cui Rebecca era arrivata nascondeva uno dei problemi più grandi della sua generazione: quello del metterci la faccia, che poi significava non assumersi responsabilità. Aveva scelto la via di mezzo, la strada più facile e comoda. Forse un giorno avrebbe capito a pieno la lezione di religione di don Calcaterra, che aveva confrontato il Vangelo di Matteo con *Guerre stellari*. Erano queste le lezioni che lo avvicinavano a Laghi, quelle che rompevano le aspettative e andavano fuori dagli schemi, quelle che riflettevano un modo di concepire la scuola che li faceva andare d'accordo e trovarsi solidali durante i consigli di classe.

«"Sia invece il vostro parlare sì, sì; no, no; il di più viene dal maligno." Chi ha capito il significato di questo versetto dell'evangelista Matteo?» Nessuno aveva risposto, se non Jocelyn con un'altra domanda: «Ma se Gesù parlava agli umili, come mai diceva cose così difficili?».

«Hai ragione, cara, per questo ci sono qua io.» E aveva proiettato alla LIM una scena di *Guerre stellari*. Era la scena in cui Yoda pronuncia la celebre frase: «Fare o non fare, non c'è provare». La classe era rimasta stupita di come un prete, peraltro nemmeno tanto giovane, conoscesse quel film – come se i preti non fossero prima di tutto uomini –; ma soprattutto del fatto che quella scena fosse stata usata per spiegare il Vangelo. Ma a don Calcaterra non importava interpretare la parola di Dio, cosa che faceva abitualmente la domenica durante la messa, quanto piuttosto ragionare con i ragazzi sulla responsabilità.

«Sia Yoda che Gesù ci dicono la stessa cosa: bisogna tenersi lontano dalle vie di mezzo e dalle mezze prese di posizione... Questo è un invito a essere *responsabili*, cioè a dare risposta delle nostre scelte a chiunque ce lo chieda. Scelte che devono essere fatte in pienezza.»

A Rebecca era tornata in mente quella lezione. In fondo lo sapeva, che avrebbe dovuto cancellarsi dai social (non fare), oppure continuare a esporsi (fare). Queste erano le vere scelte, ma non era ancora pronta.

Quello che ancora non sapeva, invece, era che il problema non stava solo negli insulti degli haters, ma anche in tutti i “ti adoro” dei ragazzi e delle ragazze che l’avevano innalzata su un piedistallo, dissociandola dalla realtà, nelle ostentate celebrazioni dei follower che la facevano sentire più importante o migliore degli altri.

«Anche sul trono più alto del mondo, si sta seduti sul proprio culo» aveva detto una volta a lezione don Calcaterra, citando il filosofo francese Montaigne, come al solito in maniera provocatoria. Un giorno anche Rebecca avrebbe colto il significato di quelle parole e compreso la lezione, realizzando così la profezia racchiusa nel proprio nome. Si sarebbe *ri-connessa* con se stessa, svincolandosi dal giudizio degli altri, positivo o negativo che fosse. Ma quella era una verità che per essere appresa richiedeva un tempo molto diverso da quello che caratterizzava il mondo dei social.

PAOLO #1

Roma, dicembre 2019

Dan dan dan / dan dan dadan / dan dan dan / dan daaaa: era questione di tempo e di ritmo.

A Paolo piaceva iniziare ogni volta così, con il riff di chitarra di *Smoke on the Water* dei Deep Purple. E non vedeva l'ora che suonasse la campanella delle due, l'ultima, per eseguirlo. Oltre al significato che la campanella portava in sé, in fondo apprezzato in ugual modo da tutti gli studenti, a Paolo piaceva perché *suonava.* Ed era l'unica cosa che a scuola suonava. In senso attivo, perché di suonate "al passivo" la scuola era piena. Di teste suonate. Quelle dei compagni, quelle degli insegnanti. Soprattutto degli insegnanti. Non di tutti, ovviamente. Paolo, dunque, aspettava solo quel segnale per togliere la sua chitarra Nirvana dalla custodia e accarezzarla. Anziché suonarla, lui l'accarezzava, solleticava, pizzicava e massaggiava... Quand'era bel tempo si fermava nel parco fuori da scuola e radunava attorno a sé studenti di tutte le età, anche quelli dell'ultimo anno. Era una situazione anomala, perché sono sempre i più piccoli ad avere ammirazione per i maturandi, non il contrario. Tutti restavano incantati dal suo talento e dal suo look un po' grunge, con camicie larghe a scacchi e jeans strappati. Paolo lo faceva fin dal primo anno di liceo, quando aveva appena quattordici anni, e già ai tempi raccoglieva attorno a sé un gruppo di ragazzi e ragazze. Se invece il tempo era brutto si precipitava a casa, dove nemmeno pranzava pur di stare con Nirvana. L'aveva chiamata così per due motivi. Prima di tutto, perché era un fan sfegatato del gruppo statunitense di Seattle e del suo leader Kurt Cobain. Poi, per il significato che la parola rivestiva nella religione buddista: indicava una condizione estatica che corrispondeva al puro godimento dello spirito e all'annullamento di ogni realtà concreta. E questo era ciò che provava Paolo ogni volta che aveva tra le mani la sua chitarra: felicità. Finché c'era musica, lui era felice.

L'unica nota stonata della sua vita era la scuola. Non la scuola in generale, ma proprio il liceo scientifico. Paolo andava abbastanza bene, non era mai stato rimandato perché era uno di quelli a cui non serviva studiare tanto. Le cose le capiva, come fossero già dentro di lui. Il problema era l'invidia dei secchioni, che andavano bene perché studiavano tanto. Si erano accorti che lui in classe non stava mai attento, perché la sua mente era sempre immersa nella musica, in mezzo alle note degli spartiti, tra gli arrangiamenti, e questa cosa non gliela perdonavano.

La cosa non era sfuggita neppure al professor Laghi, che aveva visto in lui la fiamma di una passione. In effetti, la strada di Paolo era già tracciata. Non che esistano per tutti strade uniche, disegnate a priori. Tutto il contrario. Le strade occorre calpestarle, percorrerle, perdercisi dentro. Ci sono strade più illuminate rispetto ad altre, ci sono segnali e lampioni visibili solo ad alcuni, che sono fari se si è marinai e si viaggia per mare. Alcune cose riescono più facili, ma non per forza rendono più felici. Paolo rientrava in quei casi rari abbastanza fortunati, in cui strada *facile* e strada *giusta* procedevano nella stessa direzione. Anzi, erano proprio la stessa strada.

Nel tentativo di risvegliare l'interesse di Paolo, a poco a poco Laghi aveva trasformato le lezioni di metrica in lezioni di musica. Perché in fondo metrica e musica coincidevano. La metrica è la musicalità di un verso, talvolta anche di un testo in prosa, se sei D'Annunzio. Laghi pensava all'incipit del *Piacere*: "L'anno moriva, assai dolcemente". L'an/no/mo/ri/va/as/sai/dol/ce/ment/te: era un endecasillabo composto alla perfezione. Non vedeva l'ora che arrivasse l'anno successivo per farglielo notare. Tanto era certo che Paolo sarebbe andato in quinta nonostante la sua distrazione cronica, senza debiti, ed era pronto a scommetterci.

«Paolo, l'anno prossimo studieremo un autore che ti piacerà tantissimo. Non ti dico chi è. Lo scoprirai. Lo scopriremo, anzi. Insieme. Io e te, e poi tutti i tuoi compagni che non si faranno bocciare.» Nel momento in cui Alessandro aveva pronunciato quel verbo, *farsi bocciare*, aveva pensato che era davvero così. Non esiste un insegnante che boccia. Ma c'è uno studente che si fa bocciare. Che non studia, che non si impegna, che non fa nulla per recuperare le lacune, che ha sbagliato strada, appunto. Non sarebbe stato il caso di Paolo, certo. Per sicurezza, però, lo teneva agganciato con la musica.

Aveva ad esempio fatto notare che tutti gli autori di successo, quelli pubblicati nelle antologie e nei manuali scolastici, quelli che, per intenderci, costituivano il canone letterario, erano musicali.

«Sentite la musica, ragazzi: "Nel mezzo del cammin di nostra vita", "Sempre caro mi fu quest'ermo colle", "M'illumino / d'immenso", "Né più mai toccherò le sacre sponde", "Voi ch'ascoltate in rime sparse il suono"... Alla metrica non importa il *cosa* ci viene detto, ma il *come*. Un autore può non piacervi, anche tutti per quanto mi riguarda, ma la loro musicalità è oggettiva. C'è una bellezza intrinseca che nasce con la poesia, che rompe con il relativismo, perché bussa al cuore di tutti, si fa riconoscere, e che respingiamo perché ci mette a contatto con la nostra anima, della quale abbiamo paura.» Serena aveva avuto un sussulto, impercettibile. «Abbiamo la presunzione di conoscerla, la nostra anima, e invece è in continuo mutamento, trasformazione, evoluzione. Come Dafne, ricordate? E non siamo mai pronti davanti a lei. La lettura richiede tempo. Non potete fare altro, mentre leggete, a meno che qualcuno non legga per voi.»

«Io, infatti, prof, ascolto gli audiolibri» era intervento Christian.

«Su questo potremmo aprire un capitolo a parte. Per molti, gli audiolibri sono la fine della lettura, ma le prime storie venivano cantate. Vi ricordate che la narrazione dell'*Iliade* e dell'*Odissea* veniva affidata ad aedi e rapsodi, che non erano altro che cantastorie? E se ripensiamo alla nostra infanzia, be', noi non leggevamo. Le nostre mamme, i nostri papà, i nostri nonni leggevano per noi. Come succede con gli audiolibri, che non sono il futuro, ma un ritorno al passato, alla nostra infanzia, alle nostre origini.» Laghi sembrava un fiume in piena, tanto l'argomento lo prendeva. «Con un unico limite: l'attore che legge, con il suo tono e le sue intenzioni, ci dà una sua interpretazione del testo e ci toglie un po' di libertà.»

La classe era ammutolita per lo stupore: tra tutti gli insegnanti che avevano avuto, Laghi era stato il primo, nonostante il suo vecchissimo cellulare, a non condannare la tecnologia e a non parlare della loro epoca e del futuro in maniera catastrofica. Anzi, aveva fatto notare come, in sostanza, gli audiolibri fossero un ritorno a quel passato irrecuperabile tanto celebrato da quei vecchi bacucchi come la Mangani. Nessun altro insegnante vedeva tanto di buon occhio le tecnologie che, per dirla con la prof di latino, non erano che "degli aggeggi perditempo, che distraggono e basta".

«Dove eravamo rimasti? Mi sono piacevolmente perso...» aveva detto, prima di tornare alla sua lezione. Anche in questo Laghi era diverso. Quando qualcuno interveniva e interrompeva la spiegazione, per gli altri professori era sempre "tempo perso". Durante le ore di italiano, invece, era Laghi a perdersi, non il tempo, che veniva regalato ai suoi studenti, anzi, donato, e acquisiva un nuovo significato. Quasi sempre migliore. Laghi *donava* il suo tempo, non lo *regalava*, teneva a precisare. «*Regalo* rimanda a tutto ciò che è materiale, al consumismo, a ciò che si deve fare perché ce lo impone la società. *Dono*, invece, ha in sé qualcosa di gratuito e dunque ha a che fare con l'amore» aveva detto durante un'ora di religione don Calcaterra.

«Stava parlando della fatica di leggere, a meno che qualcuno non legga per noi» lo aveva aiutato Rebecca.

«Ah, già. Grazie. Mentre ascoltate la musica, potete fare altro. La musica non vi costa fatica come un testo... E non parlo di dislessia.» Alessandro aveva fatto questa precisazione perché aveva notato un mutamento di espressione in Christian, come se parlasse a lui soltanto. Invece no, stava parlando a tutti. «Leggere vi impone di rinunciare ad altro: un'uscita con gli amici, un aperitivo, l'amore con la persona che ci piace, un concerto, una passeggiata, qualsiasi cosa vi venga in mente che non sia leggere, appunto. *Lèggere* e *leggére*. Ancora una volta, è una questione di metrica. Basta un accento spostato per trovarsi davanti a due realtà opposte: la lettura e la leggerezza. E chi di voi è disposto a rinunciare a tutto ciò che non sia leggere, alle alternative potenzialmente infinite della lettura, per entrare in contatto con se stessi? Quando decidiamo di leggere, scartiamo automaticamente tutto il resto. Questo significa, letteralmente, decidere. Dal latino *de-cidere*, "tagliare via". E se leggiamo, tagliamo via le cose leggere della vita, come una passeggiata, ad esempio. E perché, invece, spesso tagliamo via proprio la lettura? Perché leggere ci costringe a *stare*. Stare fisicamente fermi, una cosa alla quale non siamo più abituati, e stare spiritualmente connessi con noi stessi. La lettura è provocatoria e ci fa scoprire cose di noi che pensavamo di sapere. Ci mette in discussione e ci fa ricominciare, ogni volta, daccapo, come fosse sempre la prima volta.»

La classe ascoltava, in silenzio, con un'attenzione rara.

«Quanto alla musica, invece, spesso sulle parole prevale il ritmo. Ve lo dicevo che è tutta questione di metrica!» Paolo si era illuminato. Quella lezione l'avrebbe ricordata a lungo, senza dubbio, perché parlava di musica e anche di parole. E lui suonava, ma scriveva anche: era un talentuoso musicista, un bravissimo esecutore, ma anche un dignitoso compositore. E aveva studiato, conosceva i grandi nomi della musica, quelli che Laghi aveva citato per arrivare agli autori più celebri della letteratura italiana. Non era tempo perso ma, nuovamente, un perdersi piacevolmente tra le note di artisti di cui la maggior parte della 4C ignorava l'esistenza: Beatles, Queen, Deep Purple, U2, Led Zeppelin, Guns N' Roses, Nirvana, Rolling Stones...

"Se facciamo Foscolo, mi seguono controvoglia tutti tranne Paolo" pensava Laghi. "Se parlo di musica, invece, riesco ad agganciare anche lui." Tanto l'obiettivo era far scoprire le regole, il ritmo, la musicalità della poesia. E anche le canzoni sono poesia. Per parlare di Alfieri e Goldoni ci sarebbe stato tempo, e allora anche Paolo sarebbe stato pronto.

Un approccio che non aveva nulla a che vedere con le lezioni di metrica della professoressa Mangani, durante le ore di letteratura latina.

«Ragazzi...» Mentre parlava disegnava con il gessetto bianco trattini e linee curve sulla lavagna. «...Un esametro dattilico, in linea teorica, perché poi vedremo che la realtà sarà molto più complessa di così, possiamo immaginarlo in questo modo: un'alternanza di una sillaba lunga e due sillabe brevi, un dattilo, che si ripete per quante volte? Ditemelo voi!»

«Sei» rispondeva qualcuno che, pur non avendo studiato greco, sapeva che il prefisso *esa* vuol dire sei, come nell'esagono o nell'esaedro.

«Eh, no» rispondeva la Mangani, quasi compiaciuta dell'errore, che le dava modo non tanto di accompagnare i ragazzi per mano sulla retta via, quanto di sfoggiare il proprio sapere. «In realtà, l'esametro dattilico è composto da cinque dattili (lunga breve breve, in teoria) e da un piede finale costituito da due sillabe, la prima delle quali è sempre lunga, mentre la seconda può essere o lunga (e allora avrete uno spondeo) o breve (e allora avrete un trocheo).»

La classe ammutoliva, perché la Mangani generava un timore reverenziale; ma la differenza tra stare in silenzio e ascoltare era abissale. Era la stessa differenza tra *vedere* e *guardare*. Lei si compiaceva non solo delle correzioni che dava alle risposte sbagliate, ma anche di questo silenzio. Agli studenti, invece, appariva evidente la sua frustrazione di non avere mai ottenuto la tanto agognata cattedra al liceo classico. I ragazzi capivano molto meglio la metrica quando il professor Laghi batteva le mani sulla cattedra, creando il ritmo, facendoglielo sentire, mentre i trattini e le linee curve disegnate con il gesso alla lavagna della Mangani restavano privi di senso, muti e senza suono. Perché sì, la Mangani (ma guai a chiamarla così, perché lei era "la professoressa Mangani") usava ancora la lavagna; fin dalla sua adozione nelle scuole italiane, non aveva mai utilizzato la LIM, nemmeno come proiettore, perché non c'era nulla da proiettare. «La scuola non è un cinema» diceva. Che lo schermo rendesse ignoranti era solo uno dei suoi giudizi sulle nuove generazioni e sulla tecnologia. Questo la rendeva lontana dai ragazzi, estranea. Così lontana che il dialogo risultava impossibile. Ecco un'altra cosa che la distingueva da Laghi, che invece credeva fermamente nel dialogo, capace di aprire orizzonti inaspettati. Come quando aveva chiesto a Paolo un banale: «Come mai sei qui?» durante un intervallo.

«In che senso, prof?» aveva risposto Paolo.

«Come mai hai scelto questa scuola?»

«Prof, lasci stare. Io non ci volevo venire. Non è per lei, non si offenda.»

«Tranquillo, non mi offendo. Te lo chiedo perché vedo che non sei nel posto giusto. O meglio, che non ti senti al posto giusto.»

«Sono stati i miei.» A quella battuta avevano fatto entrambi un tuffo nel passato: Alessandro alla fine del liceo, Paolo a quattro anni prima, quando tutto era iniziato con una semplice domanda...

«Paolo, hai deciso dove andrai l'anno prossimo? Classico o scientifico?» aveva chiesto Camilla, la madre, come se non ci fossero alternative. Come se dal linguistico in giù, nella gerarchia dei licei stilata dai genitori di Roma Nord, ci fosse qualcosa per cui provare vergogna. Eppure Paolo aveva progetti completamente diversi. Sapeva che ce l'avrebbe fatta comunque, ma non era quello che desiderava. Quell'alternativa così secca pronunciata dalla madre gli aveva acceso dentro un terribile senso di colpa. Lei non si era accorta di nulla, però. Si stava avvicinando il Natale, l'ultimo che Paolo avrebbe trascorso alle medie, e Camilla, come da tradizione, stava infornando i biscotti di farina integrale e zucchero di canna allo zenzero e cannella da mettere nei vasetti decorati da regalare alle amiche.

«In realtà, io...» aveva iniziato a dire. E allora sua madre sì che si era accorta che qualcosa non stava andando come avrebbe voluto lei…

«Che cosa? Mica vorrai fare un professionale? Potrai coltivare la musica come hobby in qualsiasi momento della tua vita, per questo abbiamo un garage. Ma per un lavoro vero c'è bisogno di teoria e di studio.»

«Mamma, ti stavo dicendo che io avevo pensato a una scuola che non c'era ai tuoi tempi.» Aveva detto "ai tuoi tempi" con un po' di imbarazzo misto a terrore. Di certo aveva catturato la sua attenzione. «Mi piacerebbe iscrivermi al liceo musicale e coreutico. È un indirizzo appena nato, dove posso studiare chitarra. E poi potrei entrare in conservatorio, magari…»

«Conservatorio?» aveva risposto lei, interrompendolo. «Come quelli che vogliono fare gli attori?» Dopo un attimo di sconcerto, aveva ritrovato la lucidità: «Devi pensare a un lavoro serio. A un lavoro che quando sarai grande ti permetterà di guadagnare ed essere indipendente…». Aveva continuato a parlare ancora a lungo – a un certo punto si era rivolta al padre di Paolo, che stava in un'altra stanza, urlando un: «Carlo, tuo figlio da grande vuole fare l'artista!» ma tutto quel discorso a Paolo sembrava lontanissimo. Nemmeno ci pensava a quando sarebbe stato grande. Pensava al presente, e il suo presente era l'amore per la musica e per Nirvana, la sua chitarra, che il nonno paterno gli aveva regalato in largo anticipo «per il Natale, per il compleanno e per la promozione all'esame di terza media».

Paolo aveva finito per raccontare di quella discussione a Laghi, per come se la ricordava, filtrata dalla memoria di un preadolescente che aveva appena visto crollare i suoi desideri. Tutti i racconti sono sempre, soggettivi, condizionati dall'esperienza successiva. Ma le emozioni che si provano, quelle no. La stessa scena sarebbe stata raccontata molto diversamente da Camilla, che in quel momento era delusa, preoccupata e confusa. E ancora differente sarebbe stata per Carlo, se qualcuno avesse chiesto il suo parere.

Ascoltando Paolo, Alessandro aveva riconosciuto quella tristezza e quel senso di colpa che conosceva bene, avendoli provati anche lui, qualche anno prima, quando si era trattato di scegliere la facoltà universitaria.

Sua madre gli aveva infatti rivolto una domanda molto simile a quella che era stata rivolta a Paolo: «Non vorrai mica andare all'università?». Erano a tavola per cena e quella sera il menu prevedeva, oltre a cotolette, patatine e maionese, anche il sottofondo del *Grande Fratello*.

«E che cosa dovrei fare?»

«Ti ricordi la Ricci, la tua professoressa di italiano delle medie?»

«Certo, mamma.»

«Dovevamo darle retta! Lei ci aveva avvisati che un liceo senza università significa non avere nulla tra le mani. L'azienda di tuo padre è fallita, io sono anni che lavoro come una schiava...» aveva continuato, facendo leva sul senso di colpa. Mattia Laghi ascoltava in silenzio la conversazione, come molte altre volte, e Alessandro non si aspettava nulla di diverso: suo padre parlava pochissimo dopo le delusioni che la vita gli aveva riservato.

«Non abbiamo i soldi per mantenerti durante gli studi. E poi che cosa vorresti fare? Giurisprudenza come Giuseppe? O Medicina come Giulia?» Anna sapeva, per sentito dire, che quelle sarebbero state le facoltà più redditizie.

Non sapeva proprio come rendere la notizia più lieve, così si prese un momento e poi lo disse: «Lettere».

«E dopo, cosa andrai a fare?» gli aveva chiesto la madre sconcertata, come se l'importante fosse *cosa fa* uno nella vita, e non *chi è*.

«Quello che facevo da piccolo!» Il pensiero della madre era corso immediatamente alla loro casa piena di bambini... ai pomeriggi in casa loro. "Possibile?" si era chiesta.

«Pensavo a Lettere classiche, per continuare a coltivare le mie passioni, poi se insegnerò solo italiano e storia non lo so. Pagatemi solo il primo anno, vi restituirò tutto appena possibile: ci sono agevolazioni per i meritevoli e borse di studio.»

Tra la lode alla maturità classica, i trenta e lode accumulati nei vari semestri e l'ISEE di famiglia, non avrebbe pagato un solo euro di università. Per chi sapeva vedere, era chiaramente la strada giusta, perché era la sua.

Le urgenze di Paolo erano però diverse da quelle del professor Laghi da ragazzo. Paolo sapeva di poter sbagliare, perché i genitori sarebbero stati pronti ad aiutarlo. Laghi, invece, non avrebbe potuto concedersi errori: avrebbe dovuto fin da subito trovare la propria strada, facendo affidamento sulla passione che poteva guidarlo nella direzione giusta. Eppure, Alessandro capiva Paolo.

«Anch'io ho vissuto quello che hai provato tu, quando ho dovuto scegliere a quale facoltà iscrivermi, perché i miei genitori avrebbero voluto che andassi a lavorare... Per tua madre conta lo studio di un liceo, che io desideravo, invece per mia madre contava che mi assicurassi una professione "vera", che tu sicuramente avresti trovato con un indirizzo musicale. Nei genitori degli altri ci sembra spesso di trovare i genitori che sarebbero perfetti per noi...»

Poi la campanella era suonata. Gli intervalli erano sempre troppo brevi, ma anche in questo caso, come per le madri, Alessandro era convinto che se gli intervalli fossero stati di cinquanta minuti e le lezioni di dieci, comunque sarebbe rimasto un senso di insoddisfazione. Nella vita va così, cerchiamo ciò che non abbiamo. Eppure è quella ricerca a renderci vivi, quella mancanza a spingerci a desiderare. Per la prima volta a Paolo non era piaciuto il suono della campanella.

«Mi dispiace» aveva detto.

«Che cosa?»

«Interrompere qui questa conversazione.»

«Non ti preoccupare. Ci saranno altre occasioni. Anzi, ho in mente una cosa da fare con i tuoi compagni, ma ne riparliamo al ritorno dalle vacanze.»

PAOLO #2

Roma, gennaio 2020

Una cosa in mente il professor Laghi non ce l'aveva davvero, o almeno non così specifica come l'aveva prospettata a Paolo. Era certo gli sarebbe venuta nelle due settimane delle vacanze natalizie, invece lo spunto era arrivato poi, da un bigliettino ritirato durante l'ora della Mangani e conservato come prova nel cassetto della cattedra. Sopra c'era quello che si erano scritti Paolo e Serena, ovviamente puniti con un'annotazione sul registro: "Gli alunni Antonini e Bellucchi sono stati sorpresi a scambiarsi informazioni non inerenti alla lezione di letteratura latina per mezzo di un bigliettino. Questo fatto ha avuto come grave conseguenza l'interruzione della lezione e la sottrazione di tempo prezioso al resto della classe. AM". Alla professoressa di latino importava che quel biglietto aveva interrotto la sua lezione, rallentando il programma che lei doveva portare avanti. Alessandro, ovviamente senza dare ai ragazzi modo di accorgersi del suo interesse, venuto a conoscenza dell'accaduto, era andato immediatamente a sbirciarne il contenuto.

Sono a corto di idee
In che senso, Paolè?
Con una canzone. Ho qualcosa dentro, ma non riesco a farla venire fuori
Mi sa che se n'è accorta
Chi?

Lo scambio si era interrotto qui. Era chiaro che Paolo avesse qualcosa di importante da raccontare, ma non riusciva a trovare le parole giuste. E dire che le due settimane di vacanza avevo moltiplicato il tempo a sua disposizione. Ma forse il problema era proprio quello: non essere andato a scuola significava essersi privato della vista, della voce e del profumo della sua musa ispiratrice.

«Ragazzi, che ne dite se oggi facciamo poesia contemporanea?» aveva quindi proposto Laghi. Chiedere di aiutare Paolo a scrivere il testo per una nuova canzone rientrava perfettamente nelle ore di poesia previste nella sua programmazione. Poteva anche essere un ottimo modo per risvegliare i ragazzi dal torpore post-natalizio.

«Eh, no...» aveva commentato Marco con il suo solito sarcasmo.

«Che succede, Marco?»

«Studiamo. Affrontiamo. Analizziamo. Lei ci dice sempre di non usare il verbo *fare*, perché è troppo generico.»

«Siate puntuali, precisi e specifici» ripeteva sempre Laghi, che educava alla profondità e alla precisione, combattendo una spietata battaglia contro la mediocrità.

«Invece intendevo proprio il verbo *fare*» aveva risposto Laghi, per nulla indispettito dall'appunto di Marco.

«In che senso, prof?»

«Oggi la poesia la *facciamo* noi, e non ci limitiamo a studiarla.»

I ragazzi non capivano, lo guardavano stupiti.

«Aiuteremo Paolo a scrivere il testo per una canzone. Sempre che Paolo sia d'accordo...» Paolo aveva annuito. Aveva intuito che Laghi aveva sbirciato il contenuto del bigliettino, non c'era altra spiegazione. Gli brillavano gli occhi: aveva di fronte un adulto che finalmente lo *guardava.*

«In effetti, sono molto bravo con la musica, un po' meno con le parole, anche se mi definisco un cantautore.»

«Io direi che prima di tutto dobbiamo trovare un tema. Di cosa vogliamo parlare?» Paolo sperava con tutto se stesso che qualcuno mettesse in fila le cinque lettere di a-m-o-r-e, ma non sarebbe stato di certo lui a proporlo.

«Moda!» aveva gridato Serena.

«Morte!» aveva proposto Christian.

«Amore!» s'era intromessa Jocelyn, quasi sussurrandolo. "Magari qualcuno l'avesse sentita" aveva pensato Paolo. Per fortuna il commento di Marco non arrivò a tardare.

«*Ah, cojona!*» La classe era scoppiata in una sonora risata collettiva, Jocelyn compresa. «Marco, ora mi spieghi perché hai dovuto gridare *cojona.*» Laghi aveva provato a scimmiottare il romanesco, con pessimi risultati che avevano scatenato una nuova ondata di ilarità.

«Se avessi studiato un po' di letteratura, non dico tanta, ma quella di base,» e qui la classe aveva riso di nuovo, ma questa volta a favore del professore «sapresti che l'amore è da sempre il tema dei temi. Ti dicono qualcosa Elena e Paride, Dante e Beatrice, Petrarca e Laura, Boccaccio e

Fiammetta, Leopardi e Silvia?» Ora la risata della classe si era fatta incontenibile, tanto da costringere il professore a ricordare che nelle altre aule si stava facendo lezione, come se la sua non lo fosse.

«*Ma che cazzo c'avete da ride! Famo na canzone sull'amore, se siete tutti così romanticoni*» aveva risposto Marco.

A Paolo andava bene. Anzi, benissimo. Non desiderava altro.

«E Paolino *se sposa…*» aveva iniziato a cantare Marco, seguito dalla classe.

Laghi aveva provato a riportare la calma, terrorizzato all'idea che da un momento all'altro potesse entrare un collega o, peggio ancora, la Dirigente. Sapeva che avrebbero pensato che lui, così giovane, non era ancora in grado di gestire diciotto adolescenti.

«Vada per l'amore, grazie Jocelyn. Facciamo così: dividetevi in cinque gruppi e provate a buttar giù le parole. Poi leggiamo quel che avete scritto e ne scegliamo uno a maggioranza. Paolo, poi tu penserai alla musica e quando sarà pronta ce la farai ascoltare.»

La classe aveva spostato i banchi con la stessa grazia delle truppe di Massimo Decimo Meridio dopo il celebre ordine: "Al mio segnale scatenate l'inferno!". Resterà per sempre un mistero come, dalla prima elementare alla quinta superiore, gli studenti non capiscano che i banchi vadano sollevati: per non dare fastidio a chi si trova *sotto* quella classe, per non dare fastidio a chi c'è *dentro* quella classe – di solito, l'insegnante, perché i ragazzi evidentemente non li sentono, i rumori –, per non dare fastidio a chi c'è *di fianco*. E davano fastidio anche a chi arrivava *dopo*…

«Cosa sono queste pagliacciate da scuola elementare?» aveva chiesto la Mangani entrando in classe per la sua lezione. «Non so per quale bizzarro motivo tu decida di spostare i banchi. Non lo so e non mi interessa, sia chiaro, ma ti chiedo di farmi trovare i ragazzi ognuno al proprio posto, perché non posso restare indietro con il programma, l'anno prossimo letteratura latina sarà esterna e non voglio fare figuracce alla maturità.»

Laghi aveva ceduto, ma solo in parte: i banchi continuava a spostarli, per rimetterli a posto prima della fine della sua ora per quattro lezioni, alternando il lavoro in classe con quello a casa. Dopo un mese, ogni gruppo aveva presentato la sua canzone. Su una cosa erano concordi: scrivere una canzone era un lavoraccio. «Un po' come i social...» aveva aggiunto Rebecca.

«Eh, ditelo a mia madre... che per lei i lavori sono solo il medico, l'avvocato, l'ingegnere» aveva detto Paolo.

«Ragazzi, non avete scritto una canzone, ma solo il suo testo. Adesso manca la musica di Paolo. Poi, se volessimo fare qualcosa di serio, ci sarebbe da pensare anche agli arrangiamenti, dovremmo inciderla, distribuirla, affidarla a una casa discografica, sperare che qualcuno la noti, che qualcuno l'ascolti... Anche fare i musicisti è un lavoro. Lavorare è tutto ciò che richiede fatica, con la differenza che ci sono lavori che non danno garanzie economiche, come il musicista, ad esempio.»

Avrebbe tanto voluto affrontare certe questioni, ma Laghi non poteva esprimere ai suoi ragazzi tutto ciò che gli passava per la mente. In quel momento stava pensando al suo misero stipendio, soprattutto se paragonato a quello dei suoi colleghi in altri Paesi d'Europa. Quel che gli arrivava il ventitré di ogni mese non lo avrebbe mai ripagato del suo "studio matto e disperatissimo", dei lunghissimi anni passati chino a studiare tra la scrivania di casa e la biblioteca di Medicina, delle estati trascorse a lavorare sotto il sole cocente dei campi per pagarsi i libri di testo, dei *no* detti ad aperitivi, serate e amici, pur di non andare fuori corso. Lo stipendio da statale sembrava voler smorzare la gioia delle garanzie che aveva in quanto dipendente, delle malattie pagate e delle ferie estive retribuite. A volte era il navigare nell'incertezza, che è un atto di puro coraggio, a essere premiato. Questa consapevolezza si mescolava alla rabbia per una scelta che non era stata fatta per calcolo, ma per un fuoco che gli ardeva dentro; bruciava, ma non bastava per arrivare alla fine del mese con dei soldi sul conto.

A distogliere Laghi da questi pensieri era stata Margherita con i risultati della votazione. I ragazzi avevano scelto a maggioranza il testo di William, Marco, Christian e Laura, quello che finiva così:

Son belli i difetti che hai
mi piaci per questo, lo sai.
Ti amo e tra tutte sei tu
la donna che voglio accanto a me.

Jocelyn aveva alzato la mano: «Prof, mi sembra che qualcosa non vada nell'ultimo verso».

Laghi non era un cantautore, ma aveva letto tante poesie nella sua vita, abbastanza da maturare un certo orecchio musicale.

«Hai perfettamente ragione» aveva risposto, riferendosi all'uso corretto del congiuntivo, alla giusta precisazione e alla gentilezza con cui l'aveva fatta notare. «Va tutto bene, tranne l'ultimo verso. Vi accorgete, leggendolo, che si spezza il ritmo?» Tutti avevano annuito. Il gruppo ci lavorava da un mese e non riusciva più a vedere con lucidità che qualcosa non funzionava. Succede sempre così nella vita, non ci accorgiamo delle cose più ovvie e banali, perché sono nostre. Siamo così vicini che dobbiamo allontanarci un po' per comprenderle appieno. Oppure dobbiamo affidarle ad altri, senza esserne gelosi. Ci vuole distacco. Come quando guardiamo un quadro di Seurat, il pittore francese dell'Ottocento: se siamo troppo vicini, ci appaiono solo macchie e puntini colorati, ma poi, quando ci allontaniamo, iniziamo a vedere che quei puntini compongono un cavallo, un cane, un contadino, un sole al tramonto...

«"Che voglio accanto a me" va sostituito. Idee? Pensiamoci insieme.» Era seguito qualche minuto di silenzio, che testimoniava un interesse autentico per ciò che stavano facendo. Laghi sperava che proprio in quel momento entrasse qualcuno: un collega, la Dirigente, un collaboratore... E invece, nessuno. Succede sempre così a scuola. Nei rari momenti di silenzio sono tutti impegnati altrove. Del resto, sono le leggi della probabilità, ma Alessandro non le aveva mai capite. A lui importava solo dimostrare che i ragazzi lo seguivano e lo rispettavano anche se era giovane.

«"Che voglio di più"?» aveva proposto Rebecca.

«Non mi convince. Così sembra che questa persona

voglia diverse donne, ma lei di più. Più delle altre. Invece il testo racconta di un amore totalizzante, unidirezionale, esclusivo...»

«"Che desidero"?» aveva replicato Christian. Le strategie didattiche che andavano oltre il libro di testo avevano fatto sì che anche Christian potesse dimostrare di esserci, di trovare un senso nello stare in classe. Non era stupido. Bisognava semplicemente ribaltare la prospettiva. Non era lui che non capiva, semplicemente non era capito.

«Sì!» aveva esclamato Paolo. Il suo entusiasmo era contagioso, nemmeno Laghi aveva obiettato nulla, nonostante non fosse una perfetta rima baciata. Non era la rima quello che stavano cercando, ma la musicalità del verso. E Christian l'aveva trovata. Non restava che trovare uno spartito per quelle parole. Dire "metterle in musica" non sarebbe stato corretto, perché una musica, nelle parole, c'era già. Si chiamava metrica.

PAOLO #3

Roma, gennaio 2020

Nella mente di Paolo c'era spazio solo per quello: trasformare il testo in una canzone. Quell'amore totalizzante, unidirezionale, esclusivo di cui aveva parlato Laghi a lezione, lui lo conosceva bene. C'era una ragazza nella sua vita, una sua compagna di classe. Anzi, la sua vicina di banco.

«Devo farti sentire una cosa» le aveva detto una mattina di gennaio.

«Che cosa?»

«Ascolta.» Era la loro canzone, la canzone della 4C, che ora entrava nella testa di Serena attraverso le cuffiette che Paolo le aveva passato. A Serena batteva forte il cuore: aver dato forma a quella sostanza alla quale avevano lavorato tutti insieme, per più di un mese, le restituiva un'emozione immensa.

«Che bomba.»

«Non dirlo a nessuno che l'ho finita. Voglio aspettare.»

«Okay, come vuoi.»

Era stato un giorno di scuola come tutti gli altri: due ore

di inglese, due di latino, un'ora di italiano e una di disegno tecnico. L'ultima campanella dava a Paolo un doppio piacere: era felice perché era finita la giornata scolastica e perché avrebbe finalmente mandato quel messaggio a Serena. Quale messaggio? Quello che non era riuscito a dirle a voce quella mattina, dopo averle fatto ascoltare la canzone e promettere di non dire a nessuno che era pronta.

Quel pomeriggio Serena era nel bagno di casa, pronta a ripetere un gesto divenuto ormai meccanico. Si graffiava i polsi, quasi fosse un passatempo. Un macabro modo per punirsi di qualche peccato mai commesso. Poi era arrivato un messaggio, a distrarla: Paolo le aveva mandato un vocale.

«Volevo chiederti... cosa ne pensi della canzone?» Paolo sperava in una risposta che riguardava solo lui e lei, ma Serena pensava al lavoro di gruppo: «Bella, siamo stati bravi».

«È a te che penso quando la suono» aveva scandito tutto d'un fiato, facendosi coraggio, come se fosse una parola unica, per uscire il prima possibile dall'imbarazzo.

Serena non poteva crederci. Non aveva mai sospettato nulla. Eppure, dall'inizio della quarta erano compagni di banco e da quattro anni compagni di classe. Non sapeva come dirgli che non le importava nulla, che tra loro non avrebbe mai funzionato. Non restava che il silenzio. Tuttavia, non poteva fare nulla contro i pensieri che invece si affollavano nella sua mente, come quando in mare getti dalla barca una briciola di pane e i pesci a centinaia fanno a gara per accaparrarsela. Era uscita dal bagno e si era gettata sul letto a pancia in su, con gli occhi sbarrati, a fissare il soffitto.

Non sapeva come rispondere. E il giorno dopo non si era presentata a scuola.

Ho fatto qualcosa di male? aveva provato a scriverle Paolo, rimpiangendo di non poterlo chiedere a voce. Era combattuto tra il desiderio di avere una risposta e l'imbarazzo che avrebbe provato se Serena si fosse trovata seduta al banco accanto a lui. Per fortuna, quel giorno Laghi aveva due ore di letteratura in 4C, separate dall'intervallo. Paolo sperava che quell'intervallo potesse essere tutto per loro. Più per *lui* che per *loro*, perché sarebbe stato lui a fare domande e Laghi a dargli le risposte, ma non sapeva che entrambi ci avrebbero guadagnato, perché la relazione arricchisce sempre. Eppure la domanda era arrivata comunque, puntuale, da parte di Laghi.

«Paolo, sai che cosa ha fatto Serena? Come mai è assente oggi?»

«Non lo so. Ma posso parlarle?»

Non era stato facile. Aveva cominciato con un: «Non mi prenda in giro» a cui Laghi aveva risposto senza incertezze: «Quando la gente ride di noi, è perché ci prendiamo in giro da soli. Ci sentiamo sempre gli occhi puntati addosso ma, in realtà, spesso la gente nemmeno si accorge di noi. L'uomo è così egocentrico da mettersi sempre al centro dell'attenzione, anche quando non lo è».

«Ho finito la canzone.»

«Dai!» Laghi quasi aveva gridato.

«Mi dispiace deluderla, ma oggi è di un'altra cosa che vorrei parlarle. Sempre legata alla canzone, eh.»

«Che succede?»

«Ecco, ieri mattina l'ho fatta sentire a Serena, poi le ho

detto che era per lei...» In realtà, Paolo aveva mandato un vocale e, quindi, non glielo aveva mai detto *davvero*, ma per i ragazzi era la stessa cosa. Se solo sapessero dell'abisso che c'è tra un messaggio scritto – o un audio fatto e rifatto mille volte fino a che non pensiamo sia accettabile – e un messaggio detto a voce, con le mani che tremano, il cuore che batte, la fronte che suda, le guance rosse... È un po' come la differenza tra cinema e teatro, quando non ci sono tanti ciak a disposizione, ma dev'essere sempre buona la prima.

«E lei?»

«Non mi ha risposto. E questa mattina non è nemmeno venuta a scuola. Credo per colpa mia.»

«Non usare la parola *colpa*, ma *responsabilità*. E in questo caso nemmeno le responsabilità c'entrano. Non c'entri nulla, tu.»

«Ho dedicato un mese alla canzone, per dirle ciò che provo... ed è stato tutto inutile. Che senso ha stare male per lei senza essere ricambiato?»

«Capisco perfettamente quello che senti dentro. C'è un libro che ti consiglio di leggere, si intitola *L'utilità dell'inutile*. È in biblioteca da noi, ora dovrebbe averlo Jocelyn, l'ho consigliato anche a lei qualche giorno fa. Ma la conosci, sai che se li divora, i libri. Appena lo avrà riconsegnato, le dirò di fartelo sapere.»

«E di cosa parla?»

«Dell'utilità che cerchiamo sempre nelle cose che facciamo, di come desideriamo obiettivi tangibili e un guadagno immediato. So che è difficile, ma non pensare alla risposta di Serena. Ciò che ti tiene vivo, ciò che ti fa ardere è il tuo amore per lei. Il fuoco che hai dentro. Non la sua risposta. La canzone tu l'hai scritta a prescindere. Pensa a ciò che è dentro di te, a ciò che ti anima, e non alle risposte degli altri. Anch'io tutte le mattine vengo a scuola carico di aspettative, con il desiderio di raccontarvi la vita di un autore, il significato profondo che si nasconde dietro una poesia, la storia e la bellezza delle parole di un testo... Poi entro in classe e c'è chi sta al telefono, chi parla con il compagno di banco, chi va in bagno in continuazione pur di stare fuori.»

Paolo pensava, ma i discorsi a lui suonavano più complicati rispetto alla musica.

«Ricordi il giorno in cui Rebecca è stata insultata su una di quelle pagine che seguite e che vi fanno così divertire fino a che le offese non riguardano voi in prima persona? Avevo passato tutto il giorno prima a pensare a delle strategie metodologiche per non lasciare indietro nessuno di voi. Ma voi quel giorno avevate bisogno di altro, che non è sempre ciò che immaginavo io. Ciò che mi impedisce di vedere la bellezza sono i muri delle aspettative, che costruisco sempre più alti. Ma voi non siete le mie aspettative. Serena non è quello che tu vuoi che sia. Non prova quello che vuoi tu. Tu, Serena, voi, *siete* e basta.»

Paolo stava iniziando a poco a poco a capire con la ragione, sebbene gli fosse difficile comprendere con il cuore. L'amore non corrisposto è una delle forme di amore più difficili da digerire.

«Stando al tuo modo di pensare,» aveva ripreso Laghi «sarebbe inutile, per me, passare i pomeriggi a preparare una lezione, svegliarmi alle sei tutte le mattine per poi arrivare in classe e trovarvi annoiati, senza risposte, diversi da come vi avevo immaginati mentre faticavo per voi. Eppure è la vostra noia, sono le vostre non risposte, i vostri rifiuti, le vostre opposizioni che mi tengono vivo. Proprio tu, Paolo, che scrivi canzoni, dovresti capirmi.»

«Sì, anch'io con le canzoni perdo solo del gran tempo che potrei dedicare allo studio, come dice mia madre.»

«Il tempo non lo *perdi*. Lo *dedichi*. E lo dedichi a qualcosa che ti piace, e che ti fa stare bene. Quella canzone che non puoi toccare, il suono che esce dalla tua chitarra, le parole di una poesia, la visione di un tramonto, una passeggiata, un sonetto di Petrarca non ci fanno guadagnare nulla, se non la consapevolezza di essere al posto giusto al momento giusto. Né tu né io diventeremo ricchi scrivendo canzoni e leggendo poesie, eppure siamo felici, e non c'è ricchezza migliore. O magari sì, diventeremo tu un musicista e io, che so, uno scrittore di successo... Ma ricorda che la nostra ricchezza sarà il tempo passato a scrivere quelle note e quelle parole intangibili. Sarà l'intangibile soddisfazione di chi ci ascolterà e di chi ci leggerà.»

La campanella aveva suonato, come sempre sul più bello. Un suono invisibile, ma pieno di significato: svelava la tristezza di Paolo e di Alessandro per una conversazione finita; la delusione degli studenti per un intervallo troppo breve; l'ansia della Mangani di arrivare in ritardo alla lezione successiva; la rabbia di Rebecca di non essere riuscita a caricare un video; la felicità di Christian che non vedeva l'ora di comunicare alla madre il sette in inglese; la scocciatura per Jocelyn di non essere arrivata in fondo al capitolo; l'entusiasmo di Edoardo per aver colto la fine dell'intervallo non dal suono della campanella, ma dai volti dei suoi compagni.

Tutte cose invisibili, passioni e sentimenti, che però li tenevano terribilmente vivi.

La partita Ragione-Cuore aveva un nuovo risultato, anche se ammetterlo era doloroso: Ragione 1 - Cuore 3.

JOCELYN

Roma, gennaio 2020

Passione, ecco cosa muoveva davvero Jocelyn. Lei non era una di quelle ragazze dal cognome straniero che studiava per non sentirsi da meno rispetto agli altri o per garantirsi un futuro nel suo nuovo Paese, lei che partiva da una condizione di svantaggio. Lei i libri li divorava perché era affamata di cultura. Il suo corpo esile sembrava suggerire quel solo tipo di fame: quella di libri e di sapere. Era nata nelle Filippine e fin dai primi anni, quando ancora non doveva dimostrare niente a nessuno, si distingueva. Parlava di più e meglio degli altri bambini. Più tardi aveva imparato a parlare perfettamente anche l'inglese, oltre alla sua lingua madre, e naturalmente l'italiano. Ma neppure quello sembrava bastarle. Laghi le aveva fatto scoprire la biblioteca scolastica, che per tutti era il luogo un po' misterioso dopo le macchinette del caffè. La usavano perlopiù i professori per i ricevimenti, quando la sala insegnanti era troppo affollata. Paradossalmente, così la conoscevano più i genitori che i ragazzi. E comunque non sarebbe cambiato nulla se l'avessero scoperta: erano in pochi a scuola ad amare i libri, ad avere con le pagine un rapporto autentico, personale. Jocelyn era tra quei pochi, forse l'unica. Sicuramente l'unica della 4C. L'unica anche che non si accontentava dell'antologia: lei andava a cercare le opere che i professori trattavano in classe durante l'ora di letteratura – italiana, latina o inglese, non importava – perché quelle poche righe affrontate durante la lezione non le bastavano. Il professore poi le faceva scoprire nuovi libri, testi che non avrebbero affrontato in classe perché, per quante cose si potessero fare, le ore di letteratura erano cinque; non abbastanza, quindi. *L'utilità dell'inutile*, ad esempio, lei lo aveva finito e passato a Paolo il giorno dopo a quello in cui il compagno aveva parlato con Laghi. Quel libro l'aveva fatta riflettere sul suo futuro: sognava di frequentare la facoltà di Lingue, letteratura, interpretazione e traduzione, ma sapeva che sarebbe stato piuttosto difficile, per la sua storia.

Era arrivata in Italia all'inizio della prima media e, nonostante fosse di recente immigrazione, i professori avevano deciso di inserirla in una classe con i compagni della sua età, perché ne avevano intuito le capacità. Aveva dimostrato di potercela fare, che per la scuola significava sapersela cavare da soli. Era questo, in definitiva, l'obiettivo della scuola media: l'autonomia, dal greco *autòs*, *nòmos*, ovvero la capacità di darsi regole da soli. Farsi lo zaino la sera prima senza la supervisione di un adulto, organizzarsi con i compiti in base agli impegni extrascolastici per non arrivare affogati, modificare il metodo di studio in base alle valutazioni ricevute. Jocelyn ce l'aveva sempre fatta, perché a lei la scuola piaceva. E le piaceva perché a scuola c'erano i libri.

In questo era assolutamente simile al professor Laghi, pure se figlio di italiani, famiglia italiana da sempre. Anche lui provava un'attrazione per la pagina scritta e le parole sin da bambino. In casa Laghi, tuttavia, di libri nemmeno l'ombra. Anna e Mattia non avevano tempo per leggere né tantomeno la smania di collezionarli sulle librerie perché facevano arredamento, se non *status*, come accade nelle case di tanti. Quella di Alessandro era quindi una passione autentica per la lingua, non un'eredità di famiglia. Amava leggere, parlare in pubblico, insegnare. Era qualcosa che sentiva dentro già quando da piccolo giocava a radunare i bambini del suo condominio per "fare il maestro". «Facciamo che io *sono* il maestro e voi i bambini?» Quel verbo al presente faceva di lui un bambino grande, perché i bambini piccoli dicono sempre "facciamo che io ero". «Domani portate due quaderni a righe e uno a quadretti e poi decidiamo se fare italiano o matematica.» Almeno, così diceva. Ma nei fatti, ogni volta con una scusa diversa, riusciva sempre a evitare la matematica. Nessuno ne aveva voglia, di fare i compiti, ma con lui ci si divertiva, a differenza di quanto avveniva con le maestre vere. E poi lui era "quello grande" e faceva figo a quell'età essere considerati da quelli più grandi, anche se si parlava di avverbi e di preposizioni.

Alessandro dava appuntamento a tutti in uno spiazzo alberato del condominio, dove si stava freschi quando le giornate erano calde e assolate, mentre si riunivano attorno al tavolo della cucina di casa sua durante l'inverno. Anna e Mattia facevano lavori logoranti, tornavano a casa stanchi e l'idea di dover sistemare anche la confusione creata dai figli altrui non era ciò a cui aspiravano la sera. Sopportavano, per la felicità di Alessandro. Almeno finché lo faceva per gioco, dato che quando si era prospettata l'idea di fare dell'insegnamento il proprio lavoro le cose avevano preso una piega diversa. Ma per anni era restato solo un gioco.

«Allora, avete portato i quaderni?» Alessandro iniziava sempre così.

«Sì, ma io non ho quello a quadretti» rispondeva Giorgio, con i suoi occhialetti tondi che si appoggiavano su due guance paffutelle. Ecco servita la scusa del giorno per evitare matematica, ma di questo nessuno si rendeva conto.

«Allora, se tutti avete quelli a righe, scegliamo: o italiano o inglese.»

«Italiano!!!» gridavano in coro. Ad Alessandro piaceva inglese, anche se le sue lezioni si sarebbero comunque limitate ai numeri, ai colori e al lessico di base. Conosceva la lingua perché la studiava. E la studiava perché gli piaceva poi spiegarla.

Appena iniziava a parlare, tirava fuori da un astuccio un paio di occhiali senza lenti, alimentando lo stereotipo dell'insegnante, ignaro del fatto che anche lui, un giorno, gli occhiali li avrebbe indossati per davvero perché sarebbe stato miope.

«Oggi studiamo gli avverbi. Scrivete sul quadernino il titolo con la biro rossa, lasciate una riga e poi scrivete con la penna nera» diceva sistemandosi gli occhiali sul naso, per poi dettare: «Gli avverbi sono quelle parole che non cambiano mai, ma cambiano il significato di una parola, di una frase e perfino il nostro umore». Alcuni non si ponevano domande, tanto l'importante era stare insieme e prima o poi sarebbe arrivato il momento della merenda; altri, invece, chiedevano, incuriositi, che cosa volesse dire con quelle parole. Era il caso di Luca, l'amichetto del cuore di Alessandro. «Maestro Alessandro, che cosa vuol dire che gli avverbi cambiano anche il nostro umore?»

E lui spiegava: «La tua mamma questa sera ti dice che dopo cena potrai giocare un po' con il tuo Game Boy». Gli occhi di Luca si erano illuminati al solo pensiero.

«Saresti felice?»

«Felicissimo!» aveva gridato Luca, con la mano sinistra appoggiata sul fianco e la mano destra in alto, un po' come Superman.

«Ecco. Ora immagina che ti dica: "Questa sera dopo cena *non* potrai giocare con il Game Boy".»

«Uffa!» aveva esclamato l'altro.

«È bastata una sola parolina di tre lettere, *non*, per cambiare il tuo umore.»

«Dunque, "non" è un avverbio!» era intervenuto Giorgio.

«Esatto. E così anche "sempre, mai, prima, dopo, sopra, sotto" e via dicendo. Adesso li scriviamo tutti.» Giorgio, Luca e tutti gli altri pendevano dalle sue labbra, anche se a volte preferivano scorrazzare per il garage, giocare a nascondino tra le macchine e fare giochi veri. Alessandro, invece, sembrava non stancarsi mai di quel gioco. Perché quando insegnava, come nei giochi veri, la prima regola era sempre la stessa: divertirsi. E lo faceva nel modo che gli veniva più naturale e spontaneo possibile, con le parole, che erano le chiavi attraverso le quali interpretava il mondo. Se la mamma tornava a casa e diceva che la giornata era andata *bene*, per lui non era la stessa cosa di quando era andata *benino*. In quel suffisso, *-ino*, c'era un mondo. C'era più fatica rispetto al giorno prima, c'era una discussione con un collega, c'era insoddisfazione per il lavoro svolto... E Alessandro cercava sempre di rimediare a quell'-*ino* con un abbraccio più forte. Chissà se Anna se ne accorgeva. Probabilmente sì, perché alle madri non sfugge mai nulla.

Gli anni delle elementari passarono, quelli delle scuole medie pure e si trovò ad affrontare la sua prima vera scelta. Fino a quattordici anni non si sceglie praticamente nulla: né il nome, che andrà a influenzare tutta la vita, né che cosa mangiare o come vestirsi. Nascendo in una famiglia cattolica si viene cosparsi di Spirito Santo, che occorre confermare qualche anno dopo, quando è comunque ancora troppo presto per capire davvero se è qualcosa in cui si crede e si vuole per davvero. Quale scuola avrebbe fatto al caso suo? La prima sfida sarebbe stata quella di scegliere tra un liceo, un istituto tecnico e un professionale. I grandi gliela spiegavano così: «Al liceo è tutta teoria». Ricordava a memoria le parole della Ricci, la professoressa di lettere delle scuole medie bionda, occhi azzurri e pacioccona: «Devi aver voglia di studiare, perché una volta finito dovrai iscriverti per forza all'università». Quel "per forza", detto per inciso, lo uccideva.

«Ma come faccio a sapere, adesso, se tra cinque anni avrò ancora voglia di studiare?»

«Il tecnico è una via di mezzo tra teoria e pratica. Al professionale, invece, c'è molta pratica e ci vanno quelli che non hanno voglia di fare niente.» Quest'ultima frase lo aveva spaventato e la scelta sembrava ridursi tra liceo e tecnico. Poi era arrivata la lettera, ovviamente in formato cartaceo, del cosiddetto consiglio orientativo: LICEO. Era scritto così, a caratteri cubitali, come se non fosse possibile altra scelta. Solo con il tempo, diventando insegnante lui stesso, Alessandro aveva realizzato che quella parolina lasciava il tempo che trovava. Era frutto di un incontro di un'ora, in cui si passava in rassegna il futuro di decine di studenti, il che significava due minuti e mezzo per ognuno. Ma lui si era affidato a quel consiglio e si era trovato ad affrontare la seconda sfida: classico, scientifico, linguistico, socio-psico-pedagogico o artistico? Li elencavano così, i suoi insegnanti, sottolineando implicitamente la loro gerarchia. Per fortuna, nel 2019 Alessandro era professore e non studente, altrimenti si sarebbe ritrovato a scegliere tra artistico, classico, linguistico, musicale e coreutico, scientifico, scientifico opzione scienze applicate, scientifico a indirizzo sportivo, delle scienze umane, scienze umane opzione economico-sociale, con l'aggravante di essere dei Gemelli e di portare con sé l'indecisione tipica del suo segno... Lui preferiva ricordarli così, in ordine alfabetico, per non dare un giudizio di valore a priori, per non fare un torto a nessuno. Per come la vedeva, si trattava in realtà sempre di opzioni che aveva valutato lui un tempo, ma dette con nomi diversi, come il preside, il bidello e la scuola elementare che erano diventati il Dirigente, il collaboratore scolastico e la scuola primaria. Così la scuola secondaria di primo e di secondo grado, che restavano sempre e comunque le medie e le superiori.

Alla fine Alessandro aveva optato per il liceo classico: unico della sua scuola a fare quella scelta. Poi avrebbe scoperto che a Roma era la scelta dei più (il liceo, in generale), soprattutto a Roma Nord, dove un tecnico o un professionale non erano nemmeno presi in considerazione. Peccato, perché, ad esempio, Paolo sarebbe stato perfetto per il liceo a indirizzo musicale, Domenico per l'alberghiero, Fabrizio per il professionale, Rebecca per l'artistico...

Per Alessandro invece era stata una scelta controcorrente, visto che in casa sua non si respirava certo cultura e non si portava dietro nessun compagno di scuola. Spesso infatti si sceglie la scuola non per seguire le proprie inclinazioni, ma per non abbandonare l'amico del cuore, anche se la vita, probabilmente, ti ci allontanerà comunque.

Nessuno gli aveva mai raccontato qualche mito antico, e tutto quello che sapeva lo doveva a *Pollon*, un cartone animato ambientato tra gli dèi dell'antica Grecia. A casa sua l'unica fonte di sapere era la televisione. Ci si nutriva di *Grande Fratello*, quando ancora non era VIP, *Saranno Famosi* prima, e *Amici* poi, *Uomini e Donne* in tutte le salse, con il trono per giovani, senior e pure coppie omosessuali. Alessandro aveva dovuto fare tutto da solo.

Homo novus, questa la definizione più adatta a lui, scoperta durante le lezioni di letteratura latina al liceo. La professoressa Petitoni così aveva definito Mario e Cicerone: «Erano uomini che si erano fatti da soli, quelli che oggi si chiamano *self-made men*. Persone che partivano da zero, da famiglie in cui nessuno, prima di loro, aveva ricoperto un incarico politico. Mario e Cicerone avevano cominciato dal nulla la loro ascesa verso il potere». Il potere di Alessandro era stato quello di scegliere, dopo il classico, di fronte all'opposizione dei genitori, la laurea in Lettere. Per di più, antiche.

Così aveva conquistato anche un altro potere, quello di

esercitare un'influenza sulla vita dei ragazzi, o almeno di provarci. Come quando Jocelyn un giorno gli aveva detto: «Prof, ho paura di non poter diventare quello che voglio».

«In che senso?»

«I soldi che sta mettendo da parte mia mamma lavorando qui serviranno per tornare nelle Filippine, non per farmi studiare all'università.»

«Non ti devi preoccupare, ce la farai. Io stesso provengo da una famiglia molto umile e ce l'ho fatta. Sono diventato chi desideravo. *Desiderio*, ricorda, è una parola latina che indica la mancanza (*de*) di qualcosa, di una stella, per la precisione *(sidus, sideris)*. E se quella stella ti manca davvero, vedrai che farai di tutto per averla. È l'essenza stessa del desiderio. Altrimenti è un capriccio, una voglia, uno sfizio, di cui puoi benissimo fare a meno. Guarda, vieni con me.» Laghi aveva portato Jocelyn nella sezione della biblioteca in cui sapeva avrebbe trovato la Costituzione italiana. Aveva aperto quel libriccino così piccolo, la cui importanza era inversamente proporzionale alle sue dimensioni, e chiesto: «Guarda, leggi qui. Cosa c'è scritto?».

«"I capaci e i meritevoli, anche se privi di mezzi, hanno diritto di raggiungere i gradi più alti degli studi".»

«Lo dice la Costituzione della Repubblica italiana. Lo dice la legge. E io, che sono un dipendente pubblico, sarei un fuorilegge se non ti garantissi questo diritto. Ma non solo io, tutti i miei colleghi, i tuoi insegnanti. Insieme ce la faremo.»

La lettura così inaspettata di quell'articolo della Costituzione aveva fatto voltare pagina, almeno per un po', ai pensieri negativi di Jocelyn. Quella sera, prima di andare a letto, si era dedicata alla lettura di un sonetto di Petrarca e una novella di Boccaccio. Di Petrarca amava soprattutto il sonetto XC, che leggeva da un'edizione del *Canzoniere* che aveva scovato per caso in un mercatino dell'usato a Ponte Milvio. Il poeta descriveva Laura con i capelli biondi sparsi al vento. Le piaceva immedesimarsi in una forma che non sarebbe mai stata sua: bionda, con la pelle chiara e gli occhi, probabilmente, azzurri. Non che Jocelyn non si piacesse. Anzi, amava i suoi capelli nero corvino, impeccabilmente lisci e lucidi, il suo fisico esile e la pelle olivastra. Tutti tratti che la inchiodavano nello stereotipo della filippina, figlia di una filippina. La maggior parte dei suoi compagni nemmeno sapeva che le Filippine fossero un arcipelago nell'Oceano Pacifico, dedicato a Filippo II di Spagna. Per tutti *filippine*, con la minuscola, erano le donne delle pulizie che mandavano avanti molte case di Roma Nord. E Jocelyn in effetti era la figlia della filippina di casa Righetti.

Per questo leggeva e rileggeva quel sonetto: per sentirsi, per qualche minuto, lo stereotipo della bella ragazza, idealizzata e apprezzata. Questo sì, che le stava a cuore: essere apprezzata.

Ci teneva, ed era per questo che dedicava il suo tempo a Marco Righetti, o Rigo, come lo chiamavano a scuola. Lui l'apprezzava, anche se all'inizio si era trattato di un apprezzamento interessato, nel tipico stile di quella famiglia.

MARCO #1

Roma, gennaio 2020

La signora Righetti proprio non lo poteva accettare, non era nello stile della famiglia. Quel tre in latino era una vergogna. In verità era un problema solo suo, perché suo figlio Marco al voto aveva dato ben poca importanza. Le era arrivata una notifica sull'app dell'ultimo modello di iPhone, che nemmeno sapeva usare bene. Dopo quella verifica, il cinque virgola otto, incastonato in un cerchio arancione tendente al giallo – o "quasi verde" come diceva lei, che non era daltonica, ma fiduciosa che sarebbe diventato un sei a fine quadrimestre – conquistato a forza di colloqui con i professori e di lezioni private, era diventato un quattro virgola cinque dentro un vivace bollino rosso. Ignorando tutti quelli che considerava "rituali e formalità", ma che in realtà erano le regole dell'istituto, si era presentata a scuola nell'ora buca del professor Laghi. Aveva chiesto a suo figlio di curiosare su uno di quei fogli sparsi per la scuola con gli orari dei docenti e di accertarsi in quale casella non ci fosse una classe in cui aveva lezione, né una R di ricevimento. Voleva che il professore fosse esclusivamente dedicato a lei.

«Mio figlio ha studiato tutto ieri pomeriggio!» aveva inveito Lorella, la "signora Righetti", senza nemmeno presentarsi. Dal cognome acquisito fino alle labbra rifatte, la mamma di Marco dipendeva in tutto e per tutto dal marito, il notaio Antonio Righetti, il famoso Righetti con il noto studio in piazza Cavour. Era suo, del marito, il cognome con il quale era conosciuta in tutto il quartiere; erano suoi, sempre del marito, i soldi che le permettevano di andare dal parrucchiere ogni mercoledì mattina a ritoccarsi il biondo cenere, il colore che andava di moda tra le signore di Roma Nord e che le rendeva parte della stessa tribù; erano suoi – ormai è chiaro di chi – i soldi che aveva speso in chirurgia per ravvivare un po' lo sguardo, aumentare di una taglia un seno che la natura aveva creato poco generoso, farsi un nasino piccolo e all'insù, come l'ex moglie del capitano della Roma di cui erano fan sfegatati in famiglia; suoi i soldi per le vacanze in barca ogni estate, rigorosamente la settimana centrale di agosto, quando c'è più gente in giro, per sfoggiare le lunghe sessioni di palestra di un inverno intero: un anno alle Eolie, uno alle Egadi, poi all'Argentario, nel Dodecaneso, in Costa Smeralda e in Costa Azzurra...

Laghi non riusciva a ricordare chi fosse quella donna, che pure aveva già visto perché la signora evidentemente ci teneva ad assicurarsi il sei in pagella per il figlio. Non che avesse una scarsa memoria: ricordava interi versi in greco dell'*Odissea* di Omero – o di chi per lui l'avesse scritta –, il proemio dell'*Iliade* di Vincenzo Monti, molti canti e terzine dantesche, poesie di Ungaretti, Pascoli, Leopardi e Montale, le capitali di tutto il mondo, i libretti di molte opere di Verdi e di Puccini... Insomma, la memoria non gli difettava. Il fatto era che in quel quartiere di Roma le madri erano tutte identiche, tutte vittime della stessa paura di invecchiare. Tuttavia Laghi rimase impassibile. Il nome dello studente, pensò, gli si sarebbe rivelato durante la conversazione che – e qui ci avrebbe scommesso – avrebbe avuto l'andamento di un monologo.

«Guardi, signora, si è già data la risposta: "Ha studiato tutto ieri pomeriggio". Purtroppo non basta: la cultura ha bisogno di tempo. E non lo dico io, lo dice la lingua, lo dice la storia della parola stessa. Qual è la parola più vicina a *cultura*?»

«Che c'entra questo! Sono qui per chiederle ragione dell'insufficienza che ha dato a mio figlio, non per essere interrogata» aveva detto Lorella, mentre con la coda dell'occhio cercava di intercettare sull'iPhone la risposta del personal trainer con i nuovi orari per il corso di Pilates.

«E io gliela sto dando, deve solo lasciarmi parlare e vedrà che mi darà ragione. E se non lei, il tempo.» L'innata pacatezza del professor Laghi doveva risultare sconvolgente per la signora, e forse anche un tantino irritante.

«Allora, può ripetermi che cosa mi ha chiesto?» aveva chiesto Lorella Righetti con un insolito accenno di umiltà che le era spuntato naturale di fronte a quell'uomo.

«Non è che non lo ricorda. Lei non mi stava ascoltando, perché è convinta di avere ragione. Le ho chiesto quale parola italiana si avvicina più delle altre alla parola *cultura*.»

«Fammi pensare... Ti do del tu, perché sei giovane» aveva risposto la signora, con quel pizzico di maleducazione che a volte i soldi consentono alle persone.

«Come vuole, preferirei di no, perché la lingua riflette il nostro modo di pensare. E darci del tu ci metterebbe alla pari, ma io e lei non siamo né fratelli, né amici, né colleghi. Non è questione di importanza, mi creda, è questione di ruoli. E se non li rispetta la lingua, non li rispetta nemmeno il pensiero. Non li rispetta lei e nemmeno suo figlio.»

Sicuro che prima o poi avrebbe ricordato, Laghi continuava a girare intorno a un generico *figlio*. Ma prima c'erano questioni più importanti, che riguardavano le radici dell'albero. Poi avrebbe pensato ai frutti.

«È che sei così giovane, potresti essere mio figlio.» È una scusa di molti genitori, questa. Se gli insegnanti avessero davvero bisogno di nuove madri, si rivolgerebbero a loro chiamandole *mamma* e non *signora*. Ma questa necessità non esiste e sarebbe bene che ciascuno rispettasse il proprio ruolo. «Mi chiedeva quale parola si avvicina a *cultura*» aveva ripreso, pensierosa. «Mi sembra un'interrogazione... E non mi prenda in giro, se sbaglio. Sono anni che non vado a scuola.» La signora Righetti era, improvvisamente, passata dall'uso del tu al lei, disarmata di fronte alla fermezza gentile di Laghi.

Da ragazza Lorella sognava di diventare architetto d'interni e aveva iniziato a studiare per questo. Si era iscritta all'università e al primo anno i suoi voti oscillavano tra il ventitré e il ventotto. Aveva abbandonato gli studi dopo aver incontrato Antonio, con cui si sarebbe unita in matrimonio. Più *legati*, che *uniti*. Perché il loro rapporto sarebbe diventato un vincolo, che in latino significa *catena*. E così, di fronte alle lusinghe di una vita agiata con l'avvocato Righetti, che di lì a poco sarebbe diventato il notaio Righetti di piazza Cavour, Lorella aveva abbandonato gli studi senza pensarci due volte.

«Così, su due piedi, mi verrebbe da dire *coltura*.»

«Esatto! Cultura e coltura hanno la stessa radice latina legata al verbo *colere*, che significa coltivare. E come una pianta che viene coltivata, così anche lo studio necessita di tempo: bisogna prendersene cura ogni giorno. Perciò, come pretende che suo figlio possa arrivare alla sufficienza studiando solo il giorno prima?»

«Guardi» aveva detto Lorella scostandosi i capelli dal volto «io non voglio mettere in discussione le sue idee, ma i fatti parlano chiaro: mio figlio ha preso un'insufficienza *a latino*.» Laghi detestava quell'espressione tipica di Roma Nord "a latino", la stessa che ritornava quando i suoi studenti chiedevano di andare "al bagno". Alessandro era del Nord Italia, e non del Nord di Roma, e lì si diceva "aver preso tre *in* latino" e "andare *in* bagno". In fondo, non era questione di Nord o Sud, ma di grammatica italiana.

«E io cosa dovrei fare?»

«Lei è l'insegnante e se mio figlio ha preso tre è probabile che lei non l'ha seguito a dovere.» Alessandro mal sopportava anche quel "è probabile che lei non *ha*" al posto del meno usato, ma più corretto "è probabile che lei non *abbia*", ma non era il momento di soffermarsi sui congiuntivi.

«Signora, se lei avesse partecipato alla riunione che ho organizzato all'inizio dell'anno, saprebbe quanto io sostenga l'autovalutazione. A ciascuno dei ragazzi e a voi genitori ho inviato delle rubriche di valutazione, in modo tale che fosse chiaro fin da subito che cosa avrei preteso. Anzi, che cosa questa scuola pretende per essere considerata un buon liceo. E suo figlio conosce sicuramente il motivo dell'insufficienza...»

«Chiedo di parlare con la Dirigente scolastica.»

«Non è possibile, come non sarebbe stato possibile parlare con me, in teoria.»

«Allora prenderò appuntamento.»

«E che cosa dirà? Che suo figlio ha un insegnante che è un dipendente dello Stato e non dei genitori? Che il professor Laghi sostiene l'autovalutazione? Che fa il suo dovere e non il piacere delle madri?»

«Pretendo di vedere questo compito.»

«Certo, sarà mia premura farle avere una fotocopia del compito in questione. E ora, se non le dispiace, devo andare.» La signora Righetti si era alzata e se n'era andata, avendo cura di mostrare con i modi la sua indignazione.

Il professor Proietti aveva assistito in silenzio a tutta la conversazione.

«Alessandro, vuoi un caffè?»

«No, grazie. Sono già abbastanza agitato di mio.»

«Lascia stare, ignorali.»

«Proprio tu che insegni filosofia mi chiedi di ignorare? Come fai?»

«Semplice. Dico e do loro quello che vogliono sentirsi dire e dare. Basta un sei. Basta che il registro elettronico sia pieno di voti verdi. Ogni tanto mi permetto di dare il voto che meritano davvero, ma faccio sempre in modo che la media resti circondata da quel bollino verde.»

«E non senti che stai facendo male il tuo lavoro, proprio tu che insegni il bene e la verità?»

«Io racconto di quelli che hanno parlato del bene e della verità, non lo insegno. Sono quasi trent'anni che faccio questo lavoro, che da passione si è trasformato in burocrazia. Passo le giornate a compilare scartoffie inutili, verbali e relazioni che nessuno leggerà mai, a dovermi giustificare con tutti per tutto quello che dico e che faccio. Sono stanco.» Poi aveva aggiunto, e ad Alessandro era sembrato di cogliere nella sua voce un lieve tremore: «La scuola non esiste più. Siamo in un'azienda che deve certificare delle competenze, e non importa se il liceo non è la scuola adatta a Marco».

Ecco il nome del ragazzo di cui avevano parlato finora. Marco della 4C. Effettivamente lo sguardo e le espressioni spavalde, quasi arroganti – le uniche cose che la signora Righetti non poteva rifarsi –, erano identiche a quelle del figlio.

«Lo faccio perché non voglio stare male come sta capitando adesso a te. E la loro vita non cambierà di una virgola, che tu metta loro il dieci che vogliono o il quattro che si meritano.»

Per Alessandro, però, cambiava tutto. Cambiava la percezione che i ragazzi avrebbero avuto di sé. Un voto autentico – e non un contentino da fornire ai genitori – avrebbe detto loro se avevano studiato bene o male. Un tre non significava che erano dei buoni a nulla: quel numero non li rappresentava come persone nemmeno se fosse finito in pagella come voto di fine quadrimestre. Semplicemente, si sarebbero interrogati sul proprio modo di studiare, nonostante il menefreghismo o il disprezzo verso l'insegnante e la materia. La volta dopo, magari, si sarebbero fatti aiutare, avrebbero iniziato a sfogliare gli appunti qualche giorno prima senza ridursi all'ultimo momento, sarebbero stati attenti in classe anziché scrollare TikTok. Era una questione di fondamentale importanza: si sarebbero forse posti delle domande, anziché considerare la vita una cosa scontata e mediocre in cui va sempre tutto bene.

MARCO #2

Roma, gennaio-febbraio 2020

«Non ti permetterò di avere la media più bassa di una che lavora per noi!» Lorella mal sopportava l'idea che Jocelyn, "la filippina", andasse meglio del figlio. Ci voleva poco, onestamente, perché Marco studiava il minimo indispensabile. E non se ne preoccupava affatto: sapeva di avere il futuro garantito dai soldi del padre. Il problema, però, stava nel fatto che Jocelyn non era né Rebecca né Paolo né Serena né Christian, né nessun altro compagno di classe. Era la figlia di Maricel, la donna di servizio di casa Righetti, e dunque il confronto aveva qualcosa di umiliante. Questo, almeno, a parere di Lorella. A Marco non importava assolutamente nulla, invece. Non solo della media, ma della scuola in generale. Davanti al silenzio e all'indifferenza del figlio, a Lorella non era rimasto che tornare dall'unica persona che l'aveva ascoltata. Che poi era anche chi quel tre l'aveva deciso e scritto sul registro. Appena quindici giorni dopo l'incontro precedente, Lorella Righetti aveva chiesto di poter essere ricevuta a scuola, questa volta seguendo la prassi e facendo richiesta formale di appuntamento.

«Professore, mi scusi se la disturbo di nuovo.» Laghi aveva notato l'uso corretto del lei. Ma non era durato molto: «Volevo parlarti di mio figlio, ancora una volta». "*Ancora una volta* si sta mettendo al mio livello" avrebbe voluto risponderle, ma lui era lì per educare il figlio, non lei. E questa volta, almeno, Laghi sapeva di chi fosse la madre che aveva davanti. Non era stato colto alla sprovvista, perché il nome di Marco compariva tra i colloqui prenotati già da qualche giorno.

«Non so più cosa fare con Marco. Non studia. È convinto che ci saranno sempre i soldi di suo padre a dargli una mano nella vita. Ma io so che vivere così è pericoloso, perché tutto ciò che hai non ti appartiene davvero, non l'hai meritato... Quindi finisci per dipendere da chi quei soldi se li è faticati realmente.» Il cambiamento della signora Righetti era notevole. Aveva abbandonato l'arroganza dietro cui si nascondeva per pretendere qualcosa di cui non aveva diritto e aveva scelto invece la strada dell'onestà, parlando di una dipendenza che non viene mai trattata nei progetti scolastici, perché ci vorrebbe l'autorizzazione da parte di quei soggetti che sono poi gli imputati stessi: i genitori. Firmano progetti contro le dipendenze dagli smartphone, dall'alcol, dal fumo, dal gioco d'azzardo, ma nessuno firmerebbe mai un progetto contro la dipendenza dai genitori. Eppure, ce ne sarebbe un gran bisogno.

«Non resta che meritarselo, il sei.»

«Ma come?» aveva esclamato la donna. «Mi consiglia qualcuno che possa seguire Marco con delle ripetizioni?»

«Sono contrario alle lezioni private pomeridiane, che alimentano il mercato nero, danno soldi a colleghi già stipendiati dallo Stato e che non tutti possono permettersi...»

«E allora che dovrei fare?»

«Posso consigliarvi di affiancare Marco a qualcuno dei suoi compagni che hanno voglia di studiare. Una sorta di tutoraggio tra pari, o come vuole la didattica di oggi, *peer-to-peer*.»

Lorella era pronta a fare ciò che il professore consigliava, purché Marco le portasse a casa una pagella sufficiente. O almeno, lo credeva.

«In classe c'è una ragazza, anche piuttosto isolata dagli altri. Non che sia mal voluta, anzi... ma ha interessi diversi dagli altri: ama leggere, mentre tutti gli altri passano l'intervallo tra i corridoi e il bagno, corre in biblioteca appena suona la campanella, divora libri mentre gli altri mangiano snack e merendine. Potrebbe essere una buona occasione di socializzazione per entrambi, con risvolti positivi sull'andamento di Marco.» Laghi detestava la parola *profitto*. Per questo non la usò, lui che era così attento nella scelta delle parole, lui che cercava sempre la parola giusta tra le migliaia che gli offriva la lingua italiana. Profitto era una parola che a Laghi piaceva poco, perché rendeva la scuola un'impresa più di quanto avessero già fatto le riforme scolastiche degli ultimi anni. Impresa non nel senso di qualcosa di difficile, tipo le fatiche d'Ercole o le *res gestae* dei Romani, per intenderci; impresa nel senso di azienda, come testimoniava il lessico della scuola che, ricorrendo a una semantica di stampo economico, doveva "vendere competenze spendibili".

Andamento, invece, era un termine migliore: rimandava all'idea di cammino, di percorso, di movimento, di uno spostamento che ogni alunno compiva attivamente.

«Mi pare una buona idea... Se la ragazza fosse disponibile ad aiutare Marco...»

«Sono certo che Jocelyn accetterà.»

A sentire il suo nome, Lorella aveva avuto un sussulto, incredula. Il professore di italiano, ignaro del rapporto di lavoro tra le due famiglie – che Jocelyn e Marco ben si guardavano dal rendere noto –, tra tutti gli studenti aveva pensato proprio a lei, la figlia di Maricel, la donna che era entrata a servizio dai Righetti quando era nata Margherita, la sorella minore di Marco, che frequentava la casa in silenzio senza farsi notare, indossando la sua divisa celeste con il grembiule bianco. La figlia di Maricel, che puliva casa, cucinava, stirava le camicie, era la ragazza che avrebbe potuto salvare Marco, aiutandolo a raggiungere la sufficienza. E se le sembrava inaudito che avesse voti più alti di Marco, che lo aiutasse nello studio sembrava ancora più assurdo. C'era scelta? No, aveva capito Lorella.

L'obiettivo le era chiaro: la promozione del figlio, a tutti i costi. Sarebbe stata una vergogna immensa, tra le mamme del palazzo e del quartiere, ammettere che il proprio figlio non ce l'aveva fatta. Più vergognoso, sicuramente, di dire che Marco era stato aiutato dalla figlia di Maricel. Anche perché questo si poteva tenere nascosto, una bocciatura no. Dunque, per Lorella l'aiuto di Jocelyn sembrava l'unica strada da percorrere per non fallire.

Doveva solo convincere Marco, e aveva deciso di non rimandare la questione.

«Tesoro, oggi ho parlato con il professore di italiano» gli aveva detto già quel pomeriggio.

«Quindi?» aveva risposto lui senza nemmeno degnare la madre di uno sguardo.

«Abbiamo pensato... insieme... che potrebbe essere una buona soluzione per la tua promozione studiare con...» "Tutti, ma non lei" si era detto Marco, mostrandosi più simile alla madre di quanto avrebbe mai ammesso; d'altronde, si sa che i frutti non cadono troppo lontani dall'albero.

«Jocelyn.»

«Ma ti sei rincoglionita?! Assolutamente no. Non voglio che la gente ci veda in giro assieme.» Lorella nemmeno si accorgeva dei modi con i quali il figlio si rivolgeva a lei; aveva semplicemente imparato a conviverci, come se fosse normale. Spesso non transigeva neppure sulla sostanza, ma per una volta non poteva cedere.

«Non c'è bisogno che vi vediate a scuola. Potresti invitarla qui, un pomeriggio, per una merenda insieme.» Già mentre lo diceva, a Lorella venivano in mente diversi problemi da risolvere: che cosa le avrebbe preparato? Non poteva invitare Jocelyn e farle servire la merenda da Maricel, sua madre. Sarebbe stato imbarazzante. Ancora più imbarazzante di mostrare a Jocelyn, a Marco e soprattutto a se stessa che non sapeva cucinare. Non aveva la minima idea di come si preparasse la torta di mele che Maricel serviva agli ospiti di casa Righetti, di cui Lorella assaggiava appena una fetta.

Non aveva avuto altra scelta che comprarla, dunque, in una pasticceria sotto casa. Trentotto euro per una torta che ne valeva meno della metà. Risolto quel problema, restava una situazione imbarazzante. Sebbene la madre lavorasse per i Righetti, Jocelyn non era mai stata a casa loro. Da un lato Maricel non voleva mescolare lavoro e vita personale, dall'altro Lorella non aveva la minima intenzione di coltivare un rapporto di amicizia con la domestica. A Jocelyn non sfuggiva nulla di tutto ciò e non si sentiva affatto la benvenuta. Aveva capito che era stata un'idea di Laghi e temeva di essere giudicata una "secchiona invadente". Teneva per sé questi pensieri, e solo il tremolio dell'indice destro con il quale suonò il citofono di casa di Marco la tradiva, mentre con la mano sinistra sistemava i capelli dietro le orecchie. Dopo tutto, era una di quelle "prime volte" per i coraggiosi di cui aveva parlato Laghi a lezione.

Aveva aperto Lorella, trattandola con una gentilezza così esagerata da risultare fasulla, perdendosi in convenevoli che per qualche ragione giudicava necessari prima di chiamare Marco.

A Marco non gliene importava niente, né di Jocelyn né del motivo per cui era andata a casa loro: studiare. Infatti era sdraiato sul suo letto, da dove giocava con l'ultimo modello di PlayStation con le cuffie alle orecchie e la musica a tutto volume. Si era presentato strisciando le ciabatte Adidas senza nemmeno fare la fatica di sollevarle dal pavimento, pantaloncini larghi e una canottiera bucherellata come quelle dei giocatori di basket americani. Le cuffie le aveva abbassate solo all'ultimo momento, lasciando la musica accesa, manifestando così il desiderio di rimetterle sulle orecchie il prima possibile.

«Vi ho preso una torta di mele, potete fare merenda poi

mettervi a studiare» aveva annunciato Lorella, per poi chiedere cosa avessero da preparare per il giorno dopo.

«Un'interrogazione generale su tutto quello che abbiamo fatto finora» aveva risposto Jocelyn con la sua consueta grazia.

«Allora vado a prenderti il libro, Marco.»

Jocelyn era stupita che fosse la madre a doverci pensare. Lei che era così autonoma fin da piccolina non capiva la ragione di tante attenzioni, ma intuiva che ci fosse anche questo, dietro agli scarsi risultati del compagno di classe. Così i libri erano arrivati sul tavolo della cucina, poi Lorella li aveva lasciati soli.

«Tu sai che *non me ne può frega' de meno de Tasso, Ariosto, e tutti quei cojoni là*» aveva esordito Marco.

«Immaginavo che non mi avessi invitato tu. Sono anni che mia madre lavora per voi e non mi hai mai degnato di un messaggio, se non per passarti i compiti.»

«Laghi ha proposto a mia madre di studiare con una secchiona e poi ha fatto il tuo nome. Ecco perché sei qui. Ma io non ho la minima intenzione di aprire il libro.»

Quella verità che Marco aveva condiviso con tanta franchezza confermava ciò che Jocelyn già in fondo sapeva. Bastava saper *guardare*, come aveva imparato nei quattro anni passati insieme a Edoardo, del quale era vicina di banco perché insieme ci stava bene, non certo per pietà.

«Libro che non sapevi nemmeno dove fosse, dato che te l'ha portato tua mamma...»

«Non ci parliamo in classe, non vedo perché farlo qui... Quindi tu ripeti pure.»

Jocelyn si era stretta nelle spalle: «Va bene, io ripasso e tu se vuoi ascolta». Non aveva fatto in tempo a terminare la frase che Marco aveva riportato alle orecchie le cuffie, ignorando lei, che intanto aveva cominciato: «Accanto alle tragedie di argomento romano di Vittorio Alfieri, quali l'*Ottavia*, il *Bruto primo* e il *Bruto secondo*, vi sono anche le cosiddette tragedie della libertà...».

Questo era quello che sentiva Lorella dalla stanza accanto, dove stava preparando il borsone per la palestra, mentre Marco aveva da poco fatto partire la playlist dei Måneskin. Dopo le prime canzoni, però, cercando di non farsi notare, aveva interrotto la riproduzione e si era messo ad ascoltare Jocelyn. Non aveva abbassato le cuffie, come se quel gesto rappresentasse una sconfitta. Così aveva anche sentito Maricel affacciarsi per salutare la figlia, dopo essere rientrata a casa con sua sorella. Dal tavolo della sala da pranzo l'aveva sentita offrire alla bambina la torta di mele, che Margherita aveva però rifiutato, dichiarando un: «È diversa» per poi allontanare il piatto.

Attirata dalle lamentele della piccola, anche Lorella era arrivata, con la borsa a tracolla.

Una parte di lei voleva uscire di casa il prima possibile, ma allo stesso tempo era titubante, come se temesse che in sua assenza potesse accadere *qualcosa*. Qualcosa che non sapeva definire, così tergiversava, con le orecchie tese.

«A Margherita non è piaciuta la torta. Che ne dice se la volta prossima le faccio vedere come prepararla? Almeno quando non ci sarò più, Margherita non si scorderà di me» aveva proposto a Lorella.

«Ma tu starai sempre con noi, Maricel» aveva risposto Margherita. Forse per la tensione che sentiva addosso, forse per lo sconforto dei risultati scolastici di suo figlio, per quel senso di fallimento che faticava a riconoscere, forse per tutte quelle ragioni insieme, Lorella aveva sentito accendersi dentro un senso di affetto del tutto nuovo. La gentilezza di Maricel aveva alleggerito la situazione di tutte le ragioni di imbarazzo. Ora erano semplicemente due donne i cui figli condividevano la stessa classe. Condividevano anche quella bella casa, in qualche modo; per la prima volta Lorella lo vedeva come elemento capace di unirle, però. Lo aveva realizzato solo in quel momento, grazie alla proposta di cucinare una torta insieme: Maricel era parte della loro famiglia. E in famiglia, è noto, ci si aiuta a vicenda.

Il giorno dopo, in classe, Laghi aveva cercato di ascoltare un po' tutti, per preparare la classe all'interrogazione. Aveva proiettato alla LIM l'immagine di una statua con una torcia nella mano destra alzata e un libro nella sinistra, e chiesto: «Sapete riconoscerla?».

«È la Statua della Libertà» aveva risposto Jocelyn.

«E chi se la sente di dirmi che cosa c'entra lei con il nostro buon Vittorio?» aveva chiesto Laghi cercando la risposta in qualcuno che non fosse Jocelyn. Marco aveva alzato la mano. Molto strano da parte sua, ma si trattava di una di quelle cose inaspettate che facevano tanto bene al cuore del professore.

«C'entra perché Alfieri ha scritto tre tragedie che lui stesso ha definito: "tragedie della libertà".»

Jocelyn aveva sorriso, ma senza darlo troppo a vedere. Lei, a differenza di Marco, era riuscita a non farsi notare.

Erano proprio le parole che aveva usato lei il giorno precedente nella sala da pranzo dei Righetti, mentre Marco faceva finta di non ascoltare. Probabilmente non ricordava che erano tragedie in cui dominava l'argomento politico, magari non ricordava nemmeno i titoli – *Virginia*, *Timoleone* e *La congiura de' Pazzi* –, ma come inizio andava bene così.

«Mi devi un favore» gli aveva detto lei durante l'intervallo.

«Il favore è che studi in mia presenza e ti rifai gli occhi quando mi guardi, anziché stare da sola in biblioteca.»

Marco non poteva immaginare che a lei, di ammirarlo, non importava nulla, e che non c'era nulla che lei preferisse al silenzio della biblioteca. Non poteva saperlo, perché il suo mondo era diversissimo da quello di Jocelyn: quando non stava sdraiato sul letto ad ascoltare musica dalle cuffie, Marco passava i pomeriggi in una palestra su corso di Francia, la stessa in cui andava sua madre, e quando questa non riusciva ad accompagnarlo, si rintanava in una saletta pesi che il padre aveva fatto ricavare nel superattico della loro immensa casa. Era una priorità per Marco, che aveva una reputazione da difendere. Era *il* bello della scuola, il più ammirato. Il classico tutto muscoli-niente cervello, dicevano i ragazzi invidiosi o le ragazze che non riuscivano ad attirare la sua attenzione. Capelli neri, occhi verdi, mascella squadrata, spalle larghe, tartaruga che si intravedeva perfino dalle magliette, tutte di marca, comprate con i soldi del padre, come se spendere tanto fosse un segno di distinzione. Praticamente un bello impossibile. O meglio, *possibile*, ma solo a chi pareva a lui. E questo, insieme a tutto il resto, lo faceva sentire onnipotente.

«Ma il Signore l'ha data tutta a te la simpatia, quando ha creato l'universo?» aveva detto Jocelyn, che non si faceva problemi ad ammettere la propria fede.

Marco non intendeva addentrarsi in una discussione teologica, ma qualcosa da dire l'aveva: «Senti,» aveva ripreso «so che magari non ti andrà, per come ti ho trattata, ma... Ti volevo chiedere... Non è che... Ti andrebbe...».

«Di tornare a studiare da te?» aveva chiesto Jocelyn.

«Eh, sì, quello. Mia madre mi sta col fiato sul collo e in estate non voglio rotture di coglioni.»

«Va bene, ci vediamo martedì, ma di' a tua mamma di non comprare nulla e di far preparare la merenda alla mia, che almeno mangiamo qualcosa di buono.»

E così Marco aveva fatto, riuscendo persino a trasmettere il messaggio alla madre senza essere né scortese, né aggressivo. Gliel'aveva detto tornando a casa dalla palestra, come una semplice informazione: Jocelyn torna a studiare da noi, ma alla merenda lascia che ci pensi Maricel.

E Lorella a sua volta aveva passato il messaggio. Lei ci aveva messo del cuore, però: «Maricel, scusa. So che Marco e Jocelyn si sono organizzati per studiare insieme... Non è che questa volta possiamo preparare insieme la torta, che quella che avevo comprato non è piaciuta a nessuno?».

Maricel ovviamente aveva accettato, accompagnando il suo "certamente" a un "signora Lorella".

Lorella e Maricel avevano sempre avuto un rapporto di subordinazione, come quando facendo l'analisi del periodo ci sono una frase principale e una subordinata concessiva di primo grado esplicita; ma questa volta erano come due frasi coordinate: "Maricel prepara la torta" *e* "Lorella impara".

Ci si erano messe nella tarda mattinata, quando i ragazzi erano ancora a scuola e la casa silenziosa.

«Maricel, perché non mi racconti di te?» aveva chiesto Lorella, soprattutto per rompere quel silenzio, a cui non era abituata.

Poi, realizzandolo per la prima volta, aveva aggiunto un: «Scusami se non ti ho mai chiesto nulla di te».

«Tranquilla, signora Lorella. "Non è mai troppo tardi" diceva il maestro Manzi.» Per Lorella Alberto Manzi era soltanto il nome di una via di Roma del Municipio XIV – che ben si guardava dal frequentare – mentre per Maricel, come per molti altri prima di lei, colui che le aveva insegnato l'italiano. Assisteva alle sue lezioni che RaiPlay mandava in replica. L'aveva scoperto grazie a Jocelyn, che ne sapeva una più del diavolo.

Così Lorella aveva scoperto che Maricel era arrivata in Italia sette anni prima, con l'idea di mettere da parte un po' di soldi per tornare dal marito nelle Filippine, dove c'erano altre due figlie. A Lorella era sembrato strano il fatto che menzionasse il marito prima delle figlie, come se in una scala d'importanza ci fosse prima lui di loro. Forse se ne accorse perché era una cosa che le stava a cuore, a lei che il marito lo aveva in casa, ma che sentiva molto più distante.

«Mi manca da morire,» aveva detto Maricel «ma Stella ha bisogno di cure.»

«Chi?» aveva chiesto Lorella.

Maricel allora aveva raccontato della figlia più grande, con una brutta malattia alle ossa che le rendeva difficile camminare. Le si erano fatti gli occhi lucidi, mentre parlava: «I soldi di mio marito non bastavano, così io sono venuta qui, ma dopo tanti anni non vedo l'ora di tornare a casa».

«E Jocelyn?» aveva chiesto Lorella, scossa all'idea che per tanti anni avesse frequentato Maricel ogni giorno, senza mai scoprire nulla della sua storia.

«Sarà libera di scegliere se restare qui, venire con noi, o andare altrove.»

Libertà. Era tutto, quella parola. Era quella che mancava a Marco, che dipendeva in tutto e per tutto dai suoi genitori, che non aveva mai avuto la possibilità di scegliere, di sbagliare, di pensare da solo. Era quello che mancava a Lorella, che aveva sacrificato i suoi studi universitari per il marito che, invece, la libertà se la godeva eccome. Era libero di tornare a casa all'ora che gli pareva, di assentarsi da casa per più giorni di fila con la scusa di riunioni e appuntamenti di lavoro, libero di tradire la moglie, di comprarsi con i soldi l'affetto di Marco e la pazienza di Lorella. Maricel sapeva, assisteva a tutte quelle scene pietose in casa Righetti fingendo di non notare nulla.

Jocelyn e Marco non avevano notato il cambiamento che era avvenuto tra le madri, né quel secondo giorno di studio, né quelli successivi che erano seguiti.

«Marco, domani ti interroga la Mangani in latino?» chiedeva Jocelyn controllando il diario. Oltre ai suoi tanti impegni, Jocelyn aveva iniziato ad appuntare anche le interrogazioni del compagno, del quale si sentiva in qualche modo responsabile.

Aveva capito meglio le difficoltà di Marco. Non c'era nessuno che lo *guardasse* per davvero, e forse tutta quella palestra era solo un modo per crescere di volume e mostrare che in casa c'era anche lui. Non aveva bisogno di barrette, bibitoni e proteine, ma solo di affetto e considerazione. Invece il padre gli comprava vestiti e gadget tecnologici, mentre la madre lo portava in palestra, dove comunque doveva andarci lei per prima. Se andava a parlare con i professori, non era per un reale interesse verso il figlio, ma per paura che venisse bocciato e per la vergogna che sarebbe ricaduta su di lei. L'ultimo modello di PlayStation e i vestiti firmati non erano che un modo per tenerlo buono, come il biscottino che si dà ai cani quando si mettono a cuccia. Marco non aveva fatto nulla per meritare ciò che riceveva, ma nemmeno meritava quell'indifferenza.

«Mi interroga domani, ripassiamo?» Avevano iniziato un approfondimento sul rapporto tra *amare* e *bene velle*, a partire da una poesia di Catullo. Marco si era fatto gentile nei confronti della compagna, perché tanto con lei era inutile mostrarsi perfetto: le loro idee di perfezione erano troppo distanti.

Jocelyn restava leggermente diffidente. Conosceva abbastanza bene Marco e la sua famiglia per sapere che se facevano qualcosa era per interesse o bisogno. In qualche modo, comunque, erano diventati amici. E Jane Austen ogni mattina le ricordava, per mezzo di quel Post-it azzurro tenue sullo specchio dell'armadio, che non era nella sua natura amare a metà. Voleva bene a Marco. Aveva a cuore la sua promozione e tutto quello che comportava.

SERENA #1

Roma, gennaio-febbraio 2020

Il primo quadrimestre volgeva ormai al termine e nessuno avrebbe immaginato la tragedia che di lì a poco li avrebbe colpiti. Un evento che avrebbe sconvolto la 4C, l'intera scuola, il quartiere, la comunità e, soprattutto, un'anima, quella di Serena. La tranquillità che il suo nome prometteva era stata disattesa: Serena era inquieta, fragile, vittima dell'ansia. Era tornata dalle vacanze di Natale con i capelli tinti di un nero corvino, indossava felpe larghe, che nascondevano un'insolita magrezza. I tagli sulle braccia li vedeva soltanto lei, la sera, quando si spogliava davanti allo specchio. Per i suoi insegnanti la magrezza eccessiva, il nuovo colore dei capelli e i vestiti oversize erano l'ennesima tendenza del momento, un modo come un altro per attirare l'attenzione. D'altronde, Serena aveva sempre nascosto il suo malessere. L'unico dettaglio che avrebbe suggerito che qualcosa non andava era lo sguardo spesso assente e triste delle ultime settimane. Ma nemmeno Paolo, che conosceva a memoria le sfumature degli occhi di Serena, si era accorto di quanto fosse grave la situazione: in lei c'era una nota al posto sbagliato, di cui nemmeno un musicista come lui si era reso conto, una nota che messa sulla riga sopra o su quella sotto rendeva evidente la stonatura. Lui non l'aveva sentita, forse perché guardava con gli occhi di chi è innamorato. E se anche avesse visto, nulla sarebbe cambiato, perché Serena non intendeva condividere con nessuno il dolore che le bruciava dentro.

«Tutto bene, prof» rispondeva fredda ogni volta che Laghi le chiedeva come stesse. Lui dubitava fosse vero, ma c'è una libertà personale che dev'essere rispettata. Un insegnante non è uno psicologo, non è un salvatore e non è un supereroe, pur essendo tutte queste tre cose insieme, in parte. Di notte, a volte Laghi si ritrovava con gli occhi aperti a pensare, domandandosi se avrebbe dovuto avvisare la famiglia del presentimento che aveva. Alla fine quel confronto c'era stato, ma troppo tardi.

Rosa, che abitava nello stesso palazzo di Serena, quel pomeriggio aveva sentito avvicinarsi un'autoambulanza. Non ci aveva dato troppo peso, perché a Roma è la norma vederle sfrecciare per le strade con una certa frequenza. Quella volta, però, si era fermata sotto casa sua. Il vociare crescente le aveva fatto sospettare che potesse essere accaduto qualcosa a uno dei suoi vicini.

«Che succede, mamma?» aveva chiesto Rosa.

«Si sarà sentita male la signora Coletti. Sono mesi che fa avanti e indietro dall'ospedale, pace all'anima sua.»

Poi però una voce aveva risuonato per la tromba delle scale del condominio, urlando: «Serena!» con una disperazione inequivocabile. E Rosa aveva capito. Era accaduto qualcosa a lei, alla sua amica. Sconvolta, si era chiesta *perché?* Perché a Serena e non alla Coletti?

La madre di Serena continuava a urlare il nome della figlia. I taglietti che era solita farsi sui polsi, che con accurata maestria teneva coperti, quel giorno di particolare tristezza erano penetrati in profondità, fino alle vene. Quando Laghi invitava i ragazzi a scavare dentro di sé, sapeva che stava chiedendo un atto eroico, coraggioso. Non era per tutti. Forse Serena si era guardata dentro, aveva scovato il nocciolo del suo malessere e aveva tentato di sradicarlo con la lama affilata di un coltello da cucina. L'aveva portato fino in bagno. Era spaventata, ma anche attratta da quello strumento che nulla aveva a che fare con il taglierino con cui da qualche mese si procurava dei segni. Cercava di provare qualcosa, lei che non riusciva più a provare emozioni da tempo. Amava quel coltello come Paolo amava la sua chitarra. Quello di Serena, però, era un amore decisamente tossico.

Quel giorno Serena si era spogliata, nuda, combattuta tra il compiacimento per il suo nuovo aspetto e il disgusto. Aveva riempito la vasca di acqua calda e ci si era immersa. Guardava il coltello con desiderio, perché sapeva che l'avrebbe portata a non soffrire più. L'aveva preso e l'aveva affondato nella carne, come le dita di Plutone su Proserpina nel celebre dettaglio di una scultura di Bernini. E da quel momento era stato tutto buio.

La madre, che fortunatamente era in casa quel pomeriggio, la stava cercando. Aveva bussato con insistenza alla porta, ma Serena non rispondeva. Le si era accesa dentro un'intuizione, o forse era un sesto senso che l'allertava: si era spinta con una forza venuta da chissà dove contro la porta del bagno fino a sfondarla. La vasca era colma d'acqua mista a sangue, e Serena era lì immersa, agonizzante. Ma era viva.

Era stata portata d'urgenza al San Pietro, ma non era quello il luogo giusto per lei. L'aspettava, fredda e bianca, una stanza del DSM, il Dipartimento di salute mentale.

Si dice sempre che le scuole italiane somiglino a degli ospedali, ma forse lo si direbbe con meno leggerezza se in un ospedale ci si finisse a studiare o a insegnare per davvero. Il bianco del pavimento, delle pareti, del soffitto e delle lenzuola trasmetteva un senso di vuoto piuttosto angosciante. A questo facevano eco il pallore del volto della ragazza, i suoi occhi assenti che fissavano il nulla davanti a sé.

Per la scuola Serena era diventata un'alunna ospedalizzata. Era stato subito redatto un contratto ad hoc, perché tre professori potessero andare da lei e prepararla comunque a passare in quinta, evitando che perdesse l'anno. La scuola in ospedale e l'istruzione domiciliare sono quelle cose che si approvano nel Collegio dei docenti a inizio anno senza darci troppo peso. Si spera sempre che non ce ne sia bisogno, perché si attivano in casi veramente gravi. Talvolta, però, accade.

I professori scelti erano stati Laghi e la Santaroni perché italiano e matematica – idea dura a morire – sono ancora considerate le due materie più importanti. Poi avevano aggiunto don Calcaterra perché c'era bisogno di umanità. Lui aveva accettato, soprattutto perché in quel momento era arrabbiato con Dio e cercava delle risposte: andarla a trovare serviva prima di tutto a se stesso. Ma questo alla Dirigente non lo aveva detto. Aveva dato la sua disponibilità e basta, senza tante motivazioni personali.

Laghi, da povero umanista illuso, aveva pensato che magari, attraverso la letteratura, nelle poche ore di tempo che avrebbero trascorso insieme avrebbe potuto farle assaporare qualche goccia di vita. Il pomeriggio, terminate le lezioni in classe, si recava al DSM, dove Serena sarebbe stata costretta a stare fino a data da destinarsi. Aveva cominciato ad andarci due settimane dopo quel giorno così nero. Prima le sue condizioni erano troppo precarie e i medici avevano escluso che potesse incontrare qualcuno.

Di solito erano gli studenti a bussare alla porta quando entravano, magari perché in ritardo, pena una segnalazione sul registro, ma in quel luogo era Laghi a bussare, alla porta della stanza d'ospedale.

«Permesso? Posso entrare?» Serena aveva annuito. «Ti porto i saluti di tutti i professori e dei tuoi compagni di classe. Ti mandano questo.» Il mazzo di fiori era così maestoso che nascondeva il volto di Laghi, ma non riusciva comunque a celarne l'imbarazzo. Lui, amante e cultore della parola, non sapeva proprio che cosa dirle. Ogni parola sembrava fuori luogo.

Il mazzo di peonie e gerbere era diventato l'unica nota di colore e l'ingresso del bouquet in quella stanza aveva momentaneamente fatto svanire l'odore di disinfettante. La seconda, a dire il vero, perché già Paolo, unico tra i compagni, era andato a trovarla e le aveva lasciato un candido orsacchiotto di peluche che teneva un cuore rosso tra le zampe. Data la situazione, i medici avevano sconsigliato le visite di gruppo e non tutti avevano il cuore e, dunque, il coraggio, di vederla in quello stato.

«In classe abbiamo anticipato Leopardi, lo abbiamo affrontato con lo sguardo fisso su di te, scavalcando la programmazione che lo prevedeva a fine anno. Quando andavo a scuola io, si studiava come lo Schopenhauer della letteratura italiana: pessimismo storico, pessimismo cosmico... Poi, da qualche anno, si sta riscoprendo l'amore che Leopardi nutriva per la vita. Potrei raccontarti qualcosa in queste poche ore che abbiamo a disposizione.» Pur non essendo lui stesso pienamente convinto, Laghi sperava di agganciare Serena attraverso una poesia.

«Io sono qui,» aveva detto Serena cercando una posizione comoda, avendo cura di non strappare i fili che si intrecciavano su di lei «dopo aver fallito persino il suicidio, e lei mi parla di Leopardi?»

Laghi era rimasto senza parole, sconfortato dalla propria ingenuità. Si era appena presentato davanti a una ragazza di diciassette anni, sopravvissuta a un suicidio, e aveva pensato di aiutarla con la letteratura. Che illuso!

«Non ho bisogno di libri, di poesie, di romanzi, non oggi. Ho bisogno di vita vera.»

«Scusami, Serena. Sono mortificato. "La vita non si insegna. Si vive." Facciamo così, tanto sono qui per metterti un voto, e nessuno verrà a chiedermi conto di cosa ci siamo detti davvero. Ti faccio una domanda. Una sola domanda. La più difficile che si possa fare.»

«Non oggi, sono stanca.» Serena aveva intuito la domanda che Laghi avrebbe voluto porle. Era la stessa che il professore faceva a tutti, da quando aveva messo piede al Marie Curie. E nessuno era mai riuscito a rispondergli prendendolo sul serio. Tutti temevano le interrogazioni, Catullo, Nietzsche, le funzioni, mentre Serena temeva questa domanda. Indubbiamente, era stanca per davvero, ma la spossatezza era anche una scusa per rimandare la sua risposta.

«Lei venga qui, ma io non ho voglia di parlare. Né di scuola, né di altro. Per quanto mi riguarda, può anche firmare il registro e non venire proprio. Non dirò che non sta facendo il suo lavoro, tanto, come ha detto lei, nessuno se ne accorgerà.»

Per quanto Laghi si prendesse sempre del tempo prima di dare risposte, questa volta non c'era davvero niente da aggiungere. Si sarebbe presentato da lei tutti i giorni, perché era uno che non veniva meno al suo dovere, ma avrebbe rispettato la libertà che la ragazza chiedeva.

SERENA #2

Roma, febbraio 2020

Venivano i professori perché erano tenuti a farlo, ma Serena era stata chiara: non aveva bisogno di compagnia. Quando, un pomeriggio identico a tutti gli altri, aveva sentito la porta aprirsi, aveva temuto la visita di qualche compagno di classe, perché era ancora presto per il professor Laghi. Invece era Marika con la kappa – come diceva lei, quasi fosse il nome di battesimo – l'infermiera del reparto che con la sua voce squillante aveva annunciato: «Serena! Abbiamo un'ospite. Da oggi in poi condividerai la stanza con Ginevra».

Si erano rivolte un saluto di circostanza, scambiandosi qualche sguardo mentre Marika sistemava le cose di Ginevra. Rimaste sole, Serena le aveva fatto la domanda che era rimasta in sospeso tra loro dall'istante in cui la ragazza era entrata: perché sei qui?

«Ho tentato di farla finita, ma non ci sono riuscita» aveva risposto Ginevra. «Tu?»

«Per lo stesso motivo.» Entrambe avevano sorriso, con

amarezza: «Che sfigate! Nemmeno in questo siamo state capaci!». Il sorriso si era trasformato poi in una risata. Avevano compiuto un gesto che richiedeva molto coraggio e di certo non sarebbe mancata loro la sfrontatezza di andare al sodo della questione.

«Ci ho provato perché stavo male» aveva aggiunto Ginevra.

Laghi quel giorno era arrivato in anticipo, per affrontare l'ennesima lezione che Serena si sarebbe rifiutata di fare. Stava per bussare, ma sentendo la risata si era fermato, ritrovandosi ad ascoltare suo malgrado una conversazione che altrimenti non avrebbe mai origliato. Si era ricordato delle lezioni che teneva da bambino per gli amichetti del condominio. Aveva ripensato a quelle particelle invariabili del discorso, gli avverbi, che avevano il potere smisurato di dare alla frase un senso completamente diverso. Serena non stava *e basta*. Stava *male*.

«I miei genitori non mi capiscono, credono sia una moda, un dispetto, qualcosa che potrei evitare, se solo volessi...» aveva spiegato Serena. Poi aveva parlato di ciò che era e che non sarebbe diventata, della paura di deludere e di essere sbagliata.

Ginevra l'aveva interrotta, con una domanda strana e inaspettata: «Ti piacciono le ragazze?».

Serena era rimasta in silenzio, poi aveva detto: «Credo di sì». Quel *credo*, nonostante il grado di consapevolezza cui era arrivata, testimoniava ancora una forte paura ad ammetterlo.

«Ci siamo appena conosciute e abbiamo già scoperto di avere due cose in comune...»

Serena era arrossita, vistosamente.

«Mica sarò il tuo tipo!» l'aveva incalzata Ginevra, sfacciata. E aveva aggiunto: «Comunque tranquilla, pensa che i miei mi chiedono di ripensarci, perché dicono che la fluidità è una moda di oggi... Ma a me fa male che pensino che sia solo una questione di sesso».

Poi Marika era entrata, interrompendo una conversazione che per Serena stava diventando imbarazzante, per misurare la pressione della nuova arrivata. Aveva deciso di controllare anche Serena – «Ti vedo strana» aveva detto – facendola sprofondata nell'imbarazzo: i suoi valori clinici, minima, massima e battiti tradivano lo stato in cui si trovava, con il cuore che batteva all'impazzata. Nel frattempo, Laghi, fuori, ripensava alle poesie di Saffo. Aveva fatto il classico ed era cresciuto con la poesia d'amore che non si curava dal sesso degli amanti. Non gli sembrava di trovare nulla di nuovo, erano situazioni che aveva studiato bene in quei versi greci che ormai facevano parte di lui. Ecco, forse era così che una poesia, un romanzo, un libro e la letteratura possono salvare la vita. Purché se studiati a fondo e fatti propri permettono di restare imperturbabili di fronte alle rivelazioni della vita, ma allo stesso tempo danno occasione di stupirsi, sempre. Raccontano l'essere umano nei suoi infiniti modi di essere, da Omero e dalla Bibbia in poi. Perché Alessandro era uno di quelli che pensava che tutto fosse già stato detto e raccontato in quei tre libri di mitologia classica. Leggendo, l'amore era diventato parte di lui, lo aveva studiato e vissuto nel *sì* di Maria a Dio, in Cristo crocifisso, nel rapporto tra Achille e Patroclo, nell'attesa di Penelope, nel saluto di Ettore ad Andromaca. Che Serena potesse innamorarsi non lo turbava. Tuttavia, non mancava mai lo stupore, questo slancio verso le infinite possibilità della vita, quelle che avevano portato Serena ad amare le ragazze. Alessandro, comunque, era uno di quelli che pensava che i Romani, quelli di una volta, avevano messo fine all'incredibile libertà di pensiero che caratterizzava la cultura degli antichi Greci. Gli uomini andavano a letto con gli uomini, le Olimpiadi si gareggiavano nudi e questa libertà si rifletteva nel linguaggio, dove una parola indicava contemporaneamente una cosa e il suo contrario, come *deinòs*, che significava "terribile" e "meraviglioso" allo stesso tempo. In seguito i Romani ebbero bisogno di una *ratio* che spiegasse le cose. Si dotarono di etichette e schemi mentali, e così inventarono il cardo e il decumano e coprirono le nudità degli uomini. La situazione peggiorò ancora di più quando i Romani, da pagani, divennero cristiani.

Il suo flusso di coscienza era stato interrotto da Marika e dalla sua voce squillante: «Signorina! Che cos'è successo oggi? Finalmente abbiamo raggiunto un livello di pressione normale. Qui c'è un cuore che è tornato a battere... Bene, siamo sulla buona strada». Quella strada, chiaramente, si chiamava sentimento.

Quello, dopo più di due settimane trascorse in ospedale, le aveva riportato i parametri di battiti e pressione a valori normali. E se la mente... *mente*, il corpo non inganna mai. E il corpo di Serena parlava chiaro.

Tanto che Serena aveva guardato l'orologio, in cerca di una via d'uscita da quella situazione: «Il professor Laghi dovrebbe essere qui» aveva detto. Sentendosi chiamare, lui aveva socchiuso la porta, facendo il suo ingresso nella stanza.

«Metto la musica in cuffia così non vi sento e potete dirvi tutto quello che volete» aveva commentato Ginevra, ma Laghi aveva sorriso scuotendo la testa.

«Non ce ne sarà bisogno, sono giorni che provo a parlare con Serena, senza risultati.»

«Invece oggi ho voglia di chiacchierare... Quindi, Ginevra, metti pure le cuffie», aveva risposto Serena contro ogni aspettativa.

Laghi aveva passato le cuffie alla ragazza, per poi avvicinarsi al letto dove stava sdraiata Serena. Era pronta a rispondere alla difficile domanda che era rimasta sospesa tra loro dalla prima visita del professore in ospedale: «Come stai?».

Quelle due parole, che insieme non arrivano a dieci lettere e che pure erano state pronunciate in meno di un secondo, a Serena erano sembrate durare un tempo interminabile, abbastanza lungo da sentirsi divampare dentro ansia, imbarazzo e paura.

«Come vuole che stia?» Serena aveva risposto a una domanda con un'altra domanda, ma la posta in gioco era troppo alta perché Laghi potesse accettarla. Nonostante l'uso corretto del congiuntivo, il professore aveva guardato Serena con l'aria di chi non era soddisfatto e si aspettava qualcosa. La reazione di Serena era stata improvvisa e inaspettata: era scoppiata a piangere, portandosi le mani al volto. Ginevra, voltata dall'altra parte con gli occhi chiusi e la musica nelle orecchie, non si era accorta di nulla, così Serena si era sentita libera di confidarsi.

«Sono viva e questo mi costringe ad affrontare i miei problemi e tutto ciò che mi rende sbagliata...»

«E di cosa si tratta?» aveva chiesto Laghi, stupito per il termine scelto. Non riusciva a immaginare in che modo una ragazza potesse essere *sbagliata*.

«È che mi piacciono le ragazze ma forse anche un po' i ragazzi... »

«E questo ti renderebbe sbagliata?» aveva chiesto Laghi.

«Sì... Questo e tutto il resto...» aveva risposto Serena, sospirando. «Voglio bene a Paolo, viene a trovarmi e so quanto ci tiene a me, ma non so come dirgli che non provo nulla per lui in *quel senso*. Eppure è un ragazzo incredibile, infatti a scuola lo ammirano tutti, anche quelli dell'ultimo anno. È venuto qui a trovarmi e ha detto che mi ama. Doveva dirlo: nel caso io fossi morta non avrebbe potuto sopportare il peso del rimpianto di non averlo fatto...»

Il professore aveva provato a riflettere con lei su come i sentimenti sfuggono al nostro controllo, tanto da non poter essere costretti nelle categorie di giusto e sbagliato, ma a tormentare Serena c'erano così tanti pensieri che nessuna rassicurazione sarebbe mai bastata. Alessandro aveva capito che in quel momento Serena aveva soprattutto bisogno di essere ascoltata. E lui l'aveva fatto: era rimasto in silenzio, mentre lei raccontava dei suoi genitori, di come fossero incapaci di capire, di come fossero persino incapaci di apprezzare un'artista come Lady Gaga, che ai loro occhi era solo un "personaggio da circo". Serena aveva raccontato del padre distante con la testa e con il cuore, e della madre che c'era, ma solo per controllarla, e di molto altro ancora.

Laghi era uscito dall'ospedale molto tempo dopo, quando il sole già tramontava e Marika era passata per far notare che l'orario delle visite era terminato già da un pezzo. Sul marciapiede fuori si era fermato a prendere fiato. Aveva aspettato per giorni una risposta, e ora che l'aveva ricevuta si sentiva travolto da una valanga di pensieri, paure, riflessioni che si erano accumulate chissà da quanto, diventando un peso troppo grande per essere sostenuto da una ragazza dell'età di Serena. Per troppo tempo quel semplice "come stai" non aveva ricevuto una risposta sincera, e lei non era riuscita ad alleggerire il suo cuore.

Chiedere: "Come stai?" è sempre un atto di coraggio, per chi pone la domanda e per chi risponde. Rispondere "bene" o "male" è da persone superficiali, e accettare una risposta così banale è da codardi e vili. Allontanandosi per tornare verso casa, Laghi pensava alla difficile prova che attendeva Serena: doveva ricominciare a vivere, rimettersi in piedi e uscire dall'ospedale. Fuori da lì se lo sarebbe sentita chiedere innumerevoli volte, quel "come stai". Doveva trovare la forza di dare una risposta autentica, per non rischiare di ritrovarsi ancora una volta prigioniera della solitudine di una stanza dalle mura bianche, soffocata dal sospetto di essere *sbagliata*.

CHRISTIAN #3

Roma, febbraio-marzo 2020

“Erano sbagliati i modi in cui gli si chiedeva di studiare, non era sbagliato lui”: Nicole ricordava spesso le parole che Laghi le aveva detto, parlando del suo Christian. In effetti, lui aveva cominciato a ottenere voti sempre migliori, raggiungendo una sicura sufficienza in ogni materia. Nicole controllava spesso il registro elettronico, un po’ per incredulità, un po’ perché quei numeri erano per lei un sollievo enorme. Dentro di sé temeva che la situazione potesse comunque precipitare all’improvviso, magari per colpa di “quei maledetti aggeggi”, come chiamava lei computer e cellulare. Aveva quarant’anni, ma parlava di computer e tecnologia negli stessi termini con cui si esprimeva la Mangani, a dimostrazione del fatto che l’età non c’entrava nulla.

«Christian, perché non stacchi da quei maledetti aggeggi e ti metti a studiare?» diceva.

«Mamma, ancora non hai capito che io davanti al PC

ci studio e non ci gioco?» Da quando Christian si era scoperto dislessico, gli audiolibri, le sintesi vocali, i libri digitali erano diventati i suoi più grandi alleati. Faceva spesso ricerche su YouTube, perché i video e le immagini lo aiutavano a memorizzare i concetti, sicuramente più di quanto potessero fare fiumi di parole scritte che si sovrapponevano le une sulle altre. Studiava di meno, ma meglio. In questo modo era riuscito a ritagliarsi del tempo libero, che spesso usava per cercare videolezioni di italiano, storia, fisica, filosofia. E così Christian si era imbattuto in una pagina di basi musicali per il karaoke, proposte su un sito dedicato alla dislessia. Aveva provato a cantare, un po' per noia e un po' per curiosità, scoprendo che quando cantava la sua lettura era fluente, e non conosceva pause o inciampi.

Christian:	Paolè, ti devo dire una cosa!
Paolo:	Dimme, Chrì.
Christian:	Mo' che sono dislessico, passo tanto tempo davanti al PC e ho scoperto una pagina fighissima di karaoke.
Paolo:	Grande!
Christian:	Volevo dirtelo, perché sei il più grande musicista che conosco.
Paolo:	Eh, ma ce ne sono di molto più bravi! Comunque, grazie...
Christian:	Intendo che conosco di persona. Lo so che non sei il migliore in assoluto!
Paolo:	Ahahah... Ma perché non mi fai sentire come canti? Magari potremmo fare qual

cosa insieme!

L'entusiasmo di Paolo era irrefrenabile. Succedeva così ogni volta che si parlava di musica.

Paolo: *Famo* così: vieni a casa mia un giorno di questi, che c'ho un'idea!

Qualsiasi cosa Paolo avesse in mente di fare con lui, sarebbe stato d'accordo: per la prima volta Christian sentiva di essere bravo in qualcosa, ma bravo per davvero.

Si erano dati appuntamento per venerdì: «che se no resto indietro con i compiti e mia madre mi ammazza» aveva scritto. Quanti genitori assassini esistono nelle conversazioni degli adolescenti: "mio padre mi uccide", "se mi beccano i miei mi fanno nero"… Forse perché vedono stroncati i loro interessi o perché inconsciamente sanno che non stanno facendo il loro dovere, che la società fa credere loro sia esclusivamente studiare?

Così Christian e Paolo si erano dati appuntamento di venerdì, quando potevano dedicare il pomeriggio a qualcosa che non fosse lo studio. Era una splendida giornata di sole nonostante fosse inverno. Erano usciti insieme da scuola e Paolo comunque aveva trascorso la sua solita mezz'ora a suonare qualche canzone in compagnia di Nirvana al parco davanti al liceo. Christian non aveva detto nulla, perché ormai conosceva il suo compagno e aveva messo in conto quell'attesa fuori da scuola. Anche perché per Christian, che pure era più grande, Paolo era un idolo. Gli aveva anche offerto metà del suo panino, perché Paolo non aveva nulla da mangiare. Veniva a tal punto risucchiato dalla sua passione che spesso si dimenticava dei pasti.

«Così, appena arriviamo a casa, iniziamo a lavorare a una cosa che c'ho in mente» aveva aggiunto, accettando il panino. Allora Christian, che fino a quel momento aveva contenuto la curiosità, non aveva più resistito: «Senti, Paolè, ma che mi vuoi far fare?».

«Hai presente la canzone che abbiamo scritto insieme, con Laghi?»

«Certo.» Sebbene fosse terrorizzato, Christian sperava che Paolo glielo chiedesse.

«A casa, se ti va, mi fai sentire come canti e potresti essere tu la voce.»

Christian non aveva detto nulla, perché temeva che Paolo capisse quanto fosse felice per quella proposta. E poi, comunque, poco dopo erano arrivati: a Christian non era sembrato vero di essere a casa in così poco tempo, lui che invece doveva svegliarsi all'alba per prendere al volo un autobus che rischiava di perdere più o meno ogni mattina. Si era sorpreso anche poco dopo, quando Paolo aveva aperto la porta gridando un: «C'è qualcuno in casa?». E per Christian era strana l'idea di poter trovare entrambi i genitori ad aspettarlo dopo la scuola. Avrebbe pagato oro per trovare ad accoglierlo anche suo padre, fosse solo per una volta nella vita.

Il padre di Paolo non solo c'era, ma non aveva nulla da dire sul fatto che i due si chiudessero subito nella stanza del figlio, e chissà a che ora sarebbero usciti.

«Vieni, Chrì, ti faccio vedere il mio studio» aveva detto Paolo. A Christian per un istante era balenato il pensiero che quello fosse uno studio dove si poteva lavorare e, soprattutto, guadagnare, come uno studio dentistico o uno di avvocati. Lo studio scolastico restava qualcosa di astratto, al di là dell'"utilità dell'inutile" di cui Laghi aveva parlato a Paolo quando gli aveva spiegato che la scuola dava valore a ciò che era, apparentemente e momentaneamente, intangibile. Un concetto che per i ragazzi restava confuso e poco chiaro.

Comunque, quel pomeriggio per loro non ci poteva essere niente di più bello di quello studio, che non c'entrava nulla con la matematica, la letteratura e la filosofia. Era uno studio di registrazione insonorizzato, che i genitori di Paolo avevano fatto costruire appositamente; non certo perché sostenessero la passione del figlio, che anzi avevano contrastato in tutti i modi, quanto perché non ne potevano più dei rumori e delle lamentele dei condomini.

«Wow! Che figata!» aveva esclamato Christian, stupito non solo dal fatto che Paolo disponesse di uno spazio tutto suo, ma che quello spazio rappresentasse una passione che lui non possedeva ancora.

«Dammi cinque minuti che accendo l'impianto, setto i microfoni sulla tua voce e iniziamo!»

Christian sentiva le gambe tremare. A casa sua, di fronte al karaoke si sentiva onnipotente, ma cantare così, su due piedi, di fronte a un compagno di classe che con la musica ci lavorava, lo intimidiva. Il canto, forse più di un atto erotico, ci mette a nudo, e mette a nudo la nostra anima. La voce che esce riflette le nostre ansie, le preoccupazioni, se siamo sereni o no, il nostro stile di vita, se beviamo, se fumiamo, quanto fiato abbiamo. È qualcosa di molto intimo, e Christian lo doveva a Paolo, che gli aveva dedicato il pomeriggio.

«Sono pronto. Ci sei? Canta quello che vuoi. Mi serve solo per capire le impostazioni dell'audio.» Christian non aveva la minima idea di cosa cantare. Quel: "Canta quello che vuoi" lo metteva in difficoltà tanto quanto il: "Parta lei, Ferrini, con un argomento a piacere" con cui Proietti, dando rigorosamente del lei ai suoi studenti, iniziava le sue interrogazioni. Di fronte al repertorio potenzialmente infinito di canzoni, si limitò a intonare un *Tanti auguri a te*, sebbene non fosse il compleanno di nessuno.

«Fatto! Possiamo iniziare.» Come al solito, la barriera del giudizio la alziamo noi contro noi stessi in maniera preventiva, come una sorta di pre-giudizio. Per Paolo la voce del compagno andava benissimo e alla canzone scelta nemmeno aveva fatto caso. Aveva invece acceso il computer per fargli sentire il testo che avevano composto con Laghi.

«Sei un genio, Paolè. È una bomba.» Era la stessa metafora che aveva usato Serena, ma nel caso di Christian ci poteva anche stare, mentre da lei Paolo si aspettava qualcosa di più. Ma ora Serena si trovava in una stanza del Dipartimento di salute mentale e il piacergli o no era l'ultimo dei suoi problemi.

«Te la faccio sentire ancora, finché non ti entra il ritmo nelle orecchie. Poi magari ci rivediamo lunedì e la incidiamo con la tua voce.»

«Lunedì non posso, mia mamma non mi fa uscire in settimana.»

«Allora venerdì prossimo, così hai più tempo per studiarla bene.»

E il pomeriggio era passato ascoltando e riascoltando quella canzone quasi allo sfinimento. È così che si dovrebbe studiare qualsiasi cosa: da Kant agli integrali, da Manzoni a Oscar Wilde… Fino allo sfinimento, fino a che quelle cose non diventano parte di noi e le possediamo per sempre.

E se alle severe regole della madre di Paolo si poteva in qualche modo trovare soluzione, vedendosi di venerdì, quel che aveva impedito poi ai ragazzi di incontrarsi era davvero più grande di loro. Era un evento che stava per sconvolgere il mondo intero, dalla Cina all'Italia, da Rovaniemi a Lampedusa. Prima attraverso il web, poi in TV, si era diffusa una notizia incredibile: le scuole avrebbero chiuso.

Era un mercoledì apparentemente come tutti gli altri: Jocelyn stava studiando per la versione in classe di latino che la Mangani aveva fissato già a settembre per giovedì 5 marzo 2020; Serena aspettava di commentare con Ginevra l'arrivo di Laghi sulla soglia della loro stanza; Rebecca e Francesca stavano editando il video del gazpacho da caricare sui loro canali; Christian perfezionava lo studio della canzone perché venerdì era ormai vicino; Paolo si era appena congratulato con Nirvana perché ancora una volta avevano portato magistralmente a termine insieme *Smoke on the Water*; Edoardo stava finendo di vedere un video fighissimo sulla lingua dei segni italiana; Marco aveva appena concluso le sue serie di pettorali alla panca. E sul cellulare di ciascuno di loro era arrivato lo stesso messaggio, sul gruppo della classe che Marco aveva creato già alla fine dell'estate 2016, prima che iniziasse la scuola, cercando sui vari social i nomi che la segreteria aveva pubblicato. Si chiamavano "LaBandaDella4C💃🕺", con riferimento ironico e drammatico allo stesso tempo alla Banda della Magliana, ed era Jocelyn che puntualmente provvedeva a modificare il numero in base alla classe che frequentavano, altrimenti, fosse stato per Marco, si sarebbero ancora chiamati "LaBandaDella1C".

Ragà, avete sentito la notizia bomba?!?!?!?!

Il messaggio era comparso tra gif di *Scary Movie* e foto di Marco in mutande con la didascalia «stocazzo», seguito da un video in cui una ragazza su TikTok – e non era Rebecca – esultava per la notizia delle notizie: chiusura delle scuole dal 5 al 15 marzo.

Sarà una cazzata!
Ma figurati!
Seeeeeee lallero!
Magari!
Niente versione di latinooooooooooooo!!!
Perché qualcuno stava studiando?

Tutti erano andati a cercare su Google ed effettivamente le notizie sul web sembravano confermare. Ciascuno inviava i titoli e le informazioni che trovava, a conferma di quello che era stato annunciato. Nessuno comprendeva la gravità della situazione, il sentimento condiviso era esultanza. Con due eccezioni. Jocelyn sperava che quei dieci giorni passassero in fretta, perché i libri che aveva in casa li aveva letti tutti e non vedeva l'ora di divorare la nuova proposta di Laghi, che le aveva promesso "un gran bel romanzo". Mentre Christian era disperato.

Christian:	Paolè, come facciamo con la canzone? Non credo che possiamo vederci in questa situazione.
Paolo:	Tranquillo. Ho pensato a tutto. Ti mando il link di un ottimo microfono per registrare da casa tua. Ci risentiamo quando ti arriva.

La disperazione di Christian si era fatta terrore, per due motivi: punto primo, avrebbe dovuto chiedere a sua madre di sostenere una spesa non indifferente per quello che lei avrebbe definito un "aggeggio tecnologico"; punto secondo, per la prima volta qualcuno gli aveva dato fiducia e credeva in lui. Christian non si sentiva in grado di gestire questa situazione, pur sapendo che in qualche modo ce l'avrebbe fatta. In fondo, la questione è tutta lì: in come ci si sente.

«Mamma, senti, devo chiederti una cosa...» aveva cominciato Christian, timidamente.

«È successo qualcosa di grave?» si era subito allertata lei.

«Hai presente che venerdì scorso mi sono visto con Paolo?» Nicole aveva intuito che Christian stava per chiederle qualcosa che non le andava a genio. «Ecco, abbiamo un progetto che c'entra con la scuola e mi servirebbe un microfono.» L'accenno alla scuola non era stato casuale. Christian sperava di convincere così la madre, che tante volte aveva detto: «La scuola prima di tutto», «La scuola è importante», «Prima il dovere poi il piacere». Se la scuola era davvero *così* importante, Nicole non poteva dire di no. Christian aveva alzato il telefono con lo schermo aperto sul link che aveva mandato Paolo.

«Questo.»

«E quanto costa?» Nicole aveva sbirciato il prezzo con la coda dell'occhio, ma non era sicura di averci visto bene.

La voce di Christian si era abbassata di un tono: «Trecento euro, ed è in offerta. Paolo, che è esperto di queste cose, mi ha detto che è un affare».

Ogni volta Nicole viveva il dramma del genitore che desidera non privare il proprio figlio di nulla, ma, allo stesso tempo, è solo e deve far fronte economicamente a ogni richiesta. Essere madri non è mai facile, soprattutto se il padre non c'è. E poi, bisognerebbe cambiare una volta per tutte il proverbio e avere il coraggio di ammettere che "i soldi *da soli* non fanno la felicità".

«Christian, sai che fatica facciamo ad arrivare a fine mese, con un solo stipendio.»

«Lo so, mamma, e io non ti chiedo mai nulla, ma finalmente sento di aver trovato una passione. Non credo sarà la mia strada, non voglio cantare, ma per la prima volta nella vita ho trovato qualcosa che mi piace e soprattutto, quando canto, non confondo le lettere...»

Quelle parole inaspettate dopo anni di dialoghi inesistenti avevano disarmato Nicole.

«Okay» aveva detto, trovandosi stretta nell'abbraccio

del figlio, un altro gesto a cui non era abituata.

I giorni seguenti Christian aveva ignorato le notizie sulla pandemia, aspettando con impazienza l'arrivo del corriere. E poi finalmente avevano suonato alla porta.

«C'è un pacco per Ferrini.» Sia Nicole sia Christian facevano Ferrini di cognome, e ciò da un lato semplificava le cose, come in questo caso, dall'altro ricordava loro l'assenza di un marito e di un padre.

Christian era arrivato di corsa alla porta, seguito da Whisky che abbaiava e scodinzolava tra le sue gambe. Che fortuna sarebbe stato di lì a poco quel cane che, senza ancora saperlo, gli avrebbe permesso di farsi quattro passi per il quartiere nonostante il lockdown.

Paolè, eccolo! aveva scritto Christian al compagno, con tanto di foto.
Bomba 💣 Se ci sei ti faccio una videochiamata e ti dico che cosa fare.

Christian c'era. In quei primi giorni di chiusura delle scuole chiunque ci sarebbe stato, perché lo studio era diventato secondario. Chi se la sentiva di studiare, in quella situazione?

Non aveva invece problemi a concentrarsi sul microfono.

Accendi qui, monta lì, vai nelle impostazioni audio, input, output, prova prova sa sa... Dopo un'ora e mezza passata in videochiamata, Christian, guidato da Paolo, era riuscito a collegare il microfono al computer.

«Chrì, ora, appena puoi registra la canzone e mandami

il file audio. Mi raccomando, evita che ci siano rumori in casa.»

Si era fatto coraggio, immaginando che il suono della sua voce sarebbe rimasto dentro le mura di camera sua, senza pensare che di lì a poco l'avrebbero ascoltata Paolo e poi chissà quanti altri.

Il tremore di quel giorno
sento ancora qua.
Lo ricordo tutt'intorno
ancora viene, ma non va.
È la malattia d'amore:
che dolore che mi fa.
Poi ti vedo ed il mio cuore
è felice che sei qua.
Son belli i difetti che hai
mi piaci per questo, lo sai.
Ti amo e tra tutte sei tu
la donna che desidero.
Mi dici di no poi di sì
ti prendi gioco di me.
Intanto ti aspetto qui:
son sempre più cotto di te.
È l'attesa dell'amore:
che piacere che mi dà.
In un attimo è dolore
son felice che sei qua.
Son belli i difetti che hai
mi piaci per questo, lo sai.

Ti amo e tra tutte sei tu
la donna che desidero.

Aveva registrato e poi mandato il file a Paolo. Poco dopo il suo telefono aveva preso a squillare. Una rarità, rispetto ai soliti messaggi o audio WhatsApp. Ma in questo caso la gioia di Paolo era tale da valere una chiamata.

«Chrì, sei un cazzo di genio!»

«Dici, Paolè?»

«Dico sì, cazzo! Non ho dovuto praticamente aggiustare nulla, perché la voce è perfetta, ma soprattutto non inciampi mentre canti come quando leggi a scuola. Finalizzo due cose poi la mando sul gruppo della classe.»

Così aveva fatto, suscitando tanti commenti quanti la notizia della chiusura delle scuole…

Bombaaaaaaaa!
Ma che figata!
Grande Christiaaan!
Che c'entra Christian?
Ma come non lo hai riconosciuto?
È Ferretti!
Subito online!
Sì, Paolo, caricala su Spotify…

Quell'idea, nata quasi per caso, si era rivelata vincente. Christian non poteva crederci. Lui che si era sempre considerato un *perdente* aveva ora la possibilità di far sentire la propria voce, da sempre fatta di inciampi e incertezze, a un pubblico potenzialmente infinito. Ai compagni, agli amici e, soprattutto a quei professori che non avevano creduto in lui. L'entusiasmo dei compagni aveva realizzato la profezia del *laurus* di cui avevano parlato in una delle prime lezioni di latino, quando frequentava il liceo classico, una delle poche cose che lo aveva davvero colpito; lo stesso *laurus* petrarchesco, con il quale il poeta era stato incoronato, lo stesso che compariva nel nome dell'amata Laura, che era l'aura, ma anche la corona d'alloro e dunque la gloria poetica che allontanava il poeta da Dio. Ora, quella corona del successo spettava a Christian.

LOCKDOWN

Roma, fine marzo 2020

Il telefono di Alessandro stava squillando. Una chiamata restava il modo più immediato e sicuro per recapitargli un messaggio. Era il collega Proietti, il quale poteva essere accusato di tutto tranne che di non essere premuroso: aveva esordito con un sincero: «Come stai?».

«Sto» aveva risposto Alessandro. In effetti la pandemia si stava rivelando il tempo dello *stare*, in contrapposizione al *fare* della vita frenetica di tutti i giorni. O meglio, a quella folle corsa senza traguardo che per molti rappresentava il quotidiano.

«E tu?» aveva chiesto Alessandro.

«Non mi posso lamentare, grazie. Meglio a casa da solo che in quel covo di matti» aveva detto, per poi dare la notizia: la Dirigente aveva convocato un Collegio straordinario per attivare la DAD. Un'altra sigla si andava ad aggiungere ai già troppi acronimi del mondo della scuola: PTOF, BES, DSA, ADHD, PAI, PEI, INVALSI, INDIRE, PDP, CDC. Ci sarebbe voluto un corso solo per restare aggiornati su quella intricata selva di sigle.

«Grazie, Ennio, ho letto l'email. Ci vediamo alle cinque su Meet.»

Alessandro rifiutava WhatsApp anche per evitare la doppia fatica di leggere una convocazione ufficiale che gli arrivava puntuale sull'email istituzionale e poi il messaggio in chat che notificava l'invio di quell'email, con annessi commenti che si moltiplicavano e duravano per tutto il Collegio se non oltre. Commenti tra i quali spesso si potevano intercettare alcune cose sensate che nessuno osava dire ad alta voce, perché spesso le decisioni erano già state prese a priori dallo staff della Dirigente e dai decani, insieme a molti altri commenti più o meno inutili. Era il trionfo dello *spirito critico*. Che non è la coscienza critica che ci si aspetta dagli studenti alla fine del liceo, ovvero la capacità di pensare con la propria testa, ma la voglia di criticare tutto e tutti a priori.

Criticavano anche le riunioni su Meet, ovviamente, uno strumento poco noto e ancora vagamente misterioso, benché tutti conoscessero Google come motore di ricerca, di cui Meet era una derivazione. Lo usavano abitualmente, limitandosi a cercare qualcosa e attendere la risposta, ignorando però tutto ciò che ci stava dietro, persino l'origine del nome, che derivava da una parola inventata da un bambino per riferirsi al numero uno seguito da cento zeri, ben rappresentando la vastità dell'oceano in cui gli utenti-surfisti avrebbero navigato. Che poi la parola del bambino era *googol*, ma Larry Page e Sergey Brin si erano resi conto dell'errore quando era ormai troppo tardi e il marchio era stato registrato come Google. Ma con gli errori non si perde mai. O, come diceva Nelson Mandela:

«O si vince, o si impara». Dagli errori sono nati i corn flakes, la tarte tatin, le crêpes suzette, il gorgonzola e il panettone. E molti errori erano da mettere in conto, nel momento in cui milioni di persone si sarebbero trovate ad avere a che fare con Google Meet, Google Classroom, Google Moduli, Google Calendar.

Non c'era scelta, comunque.

«Cari colleghi e professori, come sapete ho dovuto convocare questo Collegio dei docenti straordinario per attivare la DAD, altrimenti detta didattica a distanza» aveva esordito la Dirigente. Le indicazioni arrivavano direttamente dal Ministero ed erano chiare, tracciando una strada che passava dal "collegamento diretto o indiretto, immediato o differito, attraverso videoconferenze, videolezioni, chat di gruppo; la trasmissione ragionata di materiali didattici, attraverso il caricamento degli stessi su piattaforme digitali e l'impiego dei registri di classe in tutte le loro funzioni di comunicazione e di supporto alla didattica" e molto altro. In uno stato di emergenza, poi, ogni scuola avrebbe dovuto arrangiarsi. «L'unica mia premura è che non si lascino i ragazzi da soli. Hanno bisogno di noi.»

Gli insegnanti più anziani avevano reagito con sconcerto e incredulità. Erano i meno tecnologici, sebbene non fosse una formula matematica: c'erano anche insegnanti giovani, ma analfabeti tecnologici e insegnanti in età da pensione competenti.

Comunque fosse, bisognava adattarsi. La decisione del Collegio era stata quella di alternare lezioni registrate in precedenza ad altre tenute al momento, di quarantacinque, massimo cinquanta minuti, lasciando almeno dieci minuti di intervallo tra una e l'altra. Ovviamente tutto a distanza, come prevedeva il nuovo acronimo del Ministero.

Ma un acronimo non potrà mai contenere la complessità della scuola e c'erano state eccezioni: la professoressa Rossi aveva chiesto il permesso di rientrare a scuola con Edoardo. Era disposta a rinunciare a godersi i propri figli, a svegliarsi con più calma e a tutto quello che comportava, nel bene e nel male, la vita da reclusi in casa in pandemia, per non lasciare solo Edoardo, che poteva apprendere ben poco dal suono debole delle casse del suo PC.

Non era l'unica a ritenere il nuovo corso degli eventi inaccettabile. Il Collegio non era nemmeno terminato che Adelaide aveva chiamato Alessandro.

«Caro, perdonami il disturbo.»

Improvvisamente Alessandro era diventato *caro* a lei che lo aveva sempre guardato con sospetto per i suoi metodi innovativi, per la ventata di freschezza e libertà che aveva portato.

«Guarda, io non ho capito nulla di quello che dobbiamo fare. Tu lo sai che io entro in classe, apro il libro, spiego e i ragazzi prendono appunti. Ha sempre funzionato. Chi mi seguiva, bene, chi non mi seguiva prendeva l'insufficienza e veniva rimandato a settembre. Se poi nemmeno a settembre avesse recuperato, allora il Consiglio avrebbe votato per la bocciatura.»

Lui ascoltava senza dire nulla. Non condivideva una sola parola; anzi, non condivideva il metodo, una cosa persino più seria. Ma in fondo stimava Adelaide come persona. Alessandro si metteva sempre nei panni degli altri e si chiedeva come ci sarebbe arrivato lui, alla pensione. Di Adelaide invidiava la tenacia e l'amore per le materie che insegnava da una vita intera; un amore che forse andava oltre quello per i suoi studenti. Non sempre la capiva – di certo aveva qualcosa da ridire su quel poco sincero "caro" – ma non aveva importanza: era il momento di dimenticare le divergenze e mettere insieme le forze, per il bene di quei ragazzi che più di tutti stavano patendo una situazione di emergenza dalla quale nessuno conosceva la via d'uscita.

«Certo, Adelaide, ti aiuto io. Ho capito che possiamo scegliere se registrare delle videolezioni e inviarle ai ragazzi, oppure simulare una lezione in presenza con una videoconferenza su Google Meet. Prima di tutto, però, devi attivare la tua Google Classroom, una per ciascuna delle classi che hai, e invitare gli alunni a farne parte...»

Alessandro con pazienza le spiegava quel che c'era da sapere, facendo riferimento agli altri colleghi. Proietti ad esempio non aveva avuto dubbi: si era preso una settimana per registrare le lezioni di un mese, per poi inviarle di giorno in giorno ai ragazzi. Non lo ascoltavano in classe, figurarsi dal letto di casa loro. Gli studi di filosofia e gli anni di insegnamento che aveva alle spalle lo avevano portato a uno sguardo disincantato sulla vita. E forse aveva ragione lui: la didattica a distanza non avrebbe portato a nulla di buono, nessuno lo avrebbe ascoltato, ognuno si sarebbe fatto gli affari propri; ma abbandonare la nave, adesso, sarebbe stato come non vivere perché tanto prima o poi si deve morire, pensava Laghi.

E su questo Adelaide concordava. Le lezioni registrate non potevano essere la soluzione per lei, che comunque non aveva idea di come registrarle. Non sapeva gestire la tecnologia, lei che non aveva neppure qualcuno a cui chiedere, vivendo solo con i suoi due gatti, Seneca e Nerone, che di certo non avrebbero potuto aiutarla.

Avrebbe presto scoperto che l'elenco di ciò che non sapeva era decisamente più lungo: non sapeva come controllare i ragazzi, come assicurarsi che rispettassero quella tacita e nemmeno troppo misteriosa legge per cui erano tenuti ad ascoltare, prendere appunti e non fiatare. Si era trovata davanti a una classe silenziosa come al solito, è vero, ma quel silenzio poggiava su ragioni diverse: se in classe i ragazzi erano terrorizzati e spaventati, a casa stavano muti perché disinteressati e annoiati. La pandemia aveva fatto emergere e ingigantito il peggior male della scuola: la passività.

Marco, Rebecca, Paolo, Christian, persino Jocelyn: non rispondevano. Una risposta, come un responso – e la Mangani questo lo sapeva bene – ha in sé qualcosa di divino, in grado di far crollare le nostre certezze. Se la risposta è autentica, allora non *cor-risponde* alle aspettative e ci mette in crisi, come quando l'oracolo di Delfi comunicò a Edipo che avrebbe ucciso il padre e sposato la madre. Quando in classe viene chiesto dove è morto Napoleone, "A Sant'Elena, nell'Oceano Atlantico" non è una risposta e non è un responso, né un oracolo né tantomeno un miracolo. È quello che l'insegnante vuole sentirsi dire, ma che sa già e che lo studente lo dice per far contenti i professori o per dimostrare che ha studiato, perché il compito dello studente è, appunto, studiare. Una risposta autentica potrebbe essere: "Che me lo chiedi a fare?" e questo metterebbe in crisi l'insegnante, come tutte le buone risposte. Anche le domande, perciò, dovrebbero essere autentiche. Bisognerebbe chiedere ai ragazzi: "Che cosa ne pensi di Napoleone?", "Avresti fatto le sue stesse scelte o avresti adottato altre strategie?", "Cosa provava, secondo te, in esilio, lontano da tutti?". E di fatto, *Il cinque maggio* di Manzoni è una risposta a quest'ultima domanda.

Il dramma della professoressa Adelaide Mangani era proprio questo: non avendo mai fatto domande autentiche, non aveva mai ricevuto risposte autentiche. E ora si ritrovava a non ricevere alcuna risposta, di nessun tipo. Durante le sue lezioni Paolo suonava, Marco giocava alla Play senza farsi troppi scrupoli per la webcam staccata, Christian provava ad ascoltare, sdraiato nel letto, Rebecca editava video e controllava il numero di visualizzazioni, Jocelyn stava attenta, ma più per senso del dovere, intuendo quanto fosse terribile per la Mangani accorgersi di non essere seguita da nessuno. "Almeno io devo fare finta" pensava. Poi c'era Serena, i cui problemi erano troppo grandi per pensare anche a quelli di Seneca – il filosofo, non il gatto della Mangani –, che, a differenza sua, ce l'aveva fatta a suicidarsi.

Adelaide attraverso lo schermo guardava, forse per la prima volta, i suoi studenti. Vedeva che non la seguivano. Allora aveva chiesto nuovamente l'aiuto di Laghi; e questa volta non era una consulenza tecnica quella che cercava.

«Alessandro, sono sempre io, Adelaide.»

«Dimmi, come posso aiutarti?»

«I ragazzi non mi seguono, parlo a vuoto ed è davvero frustrante. Mi dicono che le uniche lezioni che seguono sono le tue. Come fai? Ho dato loro una versione di Seneca da tradurre ed erano tutte uguali tra loro e uguali a una versione che ho trovato su uno di quei siti di versioni già tradotte.»

«Scusa se te lo dico, Adelaide, ma che senso ha, secondo te? Questa situazione sta facendo emergere le fragilità di tutti, nostre, loro, e della scuola. È un sistema che non funziona.»

«Mettiamo che sia così» aveva concesso lei. «Cosa dovrei fare?»

«Potresti prendere una *sententia* di Seneca, solo una. Che so: *Vita, si uti scias, longa est*. Chiedi di tradurla in tutti i modi possibili, da quello letterale a quello che più sentono proprio. Devono darti almeno cinque traduzioni diverse: "La vita, se sai usarla, è lunga"; "La vita, se sai usarla, è addirittura lunga"; "La vita è anche troppo lunga, se sai usarla"; "Se sai impiegare bene il tempo, la vita è anche troppo lunga"; "La vita non è breve come crediamo, anzi, se sappiamo ben sfruttare il tempo che abbiamo a disposizione, ci sembrerà addirittura fin troppo lunga"... Devi fare in modo che colgano il senso di quelle sei parole e che poi vadano oltre, fin dove riescono a spingersi.»

Adelaide ascoltava senza parole, sentendosi stanca in una maniera che non aveva mai provato prima. Vedeva crollare davanti ai propri occhi tutto il sistema che aveva creato e portato avanti fino ad allora.

«Adelaide, ci sei?»

«Sì, scusa Alessandro, ti stavo ascoltando» aveva detto.

«Chiedi loro di riflettere sul significato della traduzione. Che valore hanno per loro queste parole? Come impiegano il tempo in un momento drammatico come questo? Il tempo che hanno a disposizione, quello che hanno recuperato non dovendo attraversare Roma, fare colazione, tornare a casa da scuola, praticare sport, lezione di musica, uscire con gli amici... È un tempo che li fa crescere, che sanno far fruttare, oppure è tempo che scivola via tra le loro mani?»

«Ci proverò» aveva detto, per interrompere la telefonata.

"E il mio tempo?" si stava chiedendo, ripensando ai tanti anni di insegnamento, alle decine di ragazzi che aveva portato alla maturità e a quelli che invece aveva bocciato, consigliando che cambiassero scuola. Come aveva usato il suo tempo? Forse era davvero il momento di cambiare...

Aveva aspettato lunedì, benché la reclusione avesse reso tutti i giorni uguali.

«Ragazzi» aveva esordito Adelaide, con un tono diverso dal solito. «So che siete ancora in pigiama, alcuni di voi sono sul letto, qualcuno finge di non avere la connessione e microfono e webcam che non vanno... Ma vi chiedo un favore. Voglio fare un esperimento.»

Incuriositi da quel cambiamento, qualcuno aveva cominciato a riattivare la webcam.

> Raga, sveglia! Entrate su Meet, la Mangani è impazzita 🤣 recitava il messaggio di Jocelyn nel gruppo WhatsApp della classe.
> Che succede?
> Ha detto che vuole fare un'esperimento 🤔🤔🤔
> Un esperimento senza apostrofo.
> Sekkiona!!!
> Mo' se crede de fa' chimica questa. E comunque, Jocelyn, tu sei l'unica che l'ascolta
> Entrate e non rompete. Ci vediamo su Meet 👋👋👋

«Vi chiedo di scrivere sei parole, solo sei. Sapete che Seneca amava scrivere delle *sententiae*, delle massime che in poche parole nascondono una fonte inesauribile di saggezza, come i proverbi nei *Malavoglia* di Verga, per intenderci. La *sententia* che vi pregherei di scrivere è questa: *Vita, si uti scias, longa est.*»

Così aveva illustrato, come a sua volta ha fatto con lei Alessandro, il lavoro che avrebbero dovuto svolgere. Vuoi la novità, vuoi la ventata di freschezza, i ragazzi avevano prodotto diciotto piccoli capolavori. Diversi gli uni dagli altri, unici, irripetibili. Aveva finito per chiamare di nuovo Alessandro, questa volta per ringraziarlo.

Lo ringraziava soprattutto per ciò che aveva capito di se stessa.

Mai Adelaide avrebbe pensato di passare il suo ultimo anno di lavoro a casa da sola, di fronte al PC che tanto odiava, lontana dai suoi studenti. Lì, con un amaro sentimento di tristezza, si stava accorgendo dell'esistenza di un'altra lontananza che aveva sempre ignorato, quella tra lei, caposaldo della scuola, e gli altri.

Anche Laghi aveva visto quella distanza, ma aveva saputo essere più comprensivo. Adelaide apparteneva a un'altra generazione, erano passati tantissimi anni da quando aveva iniziato a insegnare, mentre per lui era solo l'inizio; Alessandro sapeva che anche il suo fuoco avrebbe potuto spegnersi e che andava costantemente alimentato. Sapeva che un giorno sarebbe stato lui a indossare i panni di Adelaide e tremava all'idea di non riuscire a tenere il passo dei suoi studenti, restando indietro. Quella lontananza lo spaventava, perché ciò che più gli stava a cuore erano proprio i suoi ragazzi. Proprio loro, che la pandemia aveva allontanato, irrimediabilmente, cambiando tutto.

Impossibile restare quelli di prima, quando tutto attorno cambia. La Mangani, in fondo, stava vivendo qualcosa di simile ai suoi studenti, per cui la sveglia suonava sempre alla stessa maniera, ma con un significato diverso da quello di appena qualche settimana prima. Era identico il suono, ma non ciò che rivelava.

Spesso sono proprio le cose nascoste, quelle che gli occhi non vedono, a diventare fin troppo visibili, a farsi notare più delle altre, a irrompere con tutta la loro potenza fino a far male.

In quella situazione unica, Christian aveva visto il proprio talento, attraverso gli occhi degli altri: e la gente passava molto più tempo davanti a serie TV, computer e smartphone, ed era molto più facile che i contenuti venissero visualizzati da milioni di utenti, diventando virali. Non erano solo i ragazzi a passarci le ore, ma anche gli adulti. Così, la canzone della 4C era diventata in poco tempo popolarissima sul web. La voce di Christian, che qualche mese prima era il suo limite più grande, era diventata il suo tesoro più prezioso. Rebecca aveva avuto la brillante idea di realizzare una versione video per YouTube, Instagram, TikTok e anche Facebook, benché fosse da boomer.

Si era dedicata anche ai suoi contenuti, comunque, e il numero di follower era esploso. Proprio in quel momento, però, Rebecca aveva deciso di esplorare altre possibilità. Complice Laghi e i suoi laboratori di scrittura creativa, aveva cominciato a scrivere le sue ricette, scattando per ciascuna una foto, associandole ad altrettante emozioni. Il padre di Riccardo, il suo ragazzo, aveva una tipografia dove giravano le idee di tante piccole realtà editoriali. «Sono case editrici minori solo perché circolano meno soldi, ma non meno idee. Anzi, spesso i migliori passano di qui» era solito ripetere durante i pranzi e le cene in famiglia, quando ancora si potevano fare. Rebecca era decisa a stampare il suo libro. Grazie ai suoi follower sarebbe riuscita a farsi un po' di pubblicità, attirando l'attenzione di qualche grande casa editrice. Ne era certa: i suoi libri di cucina sarebbero diventati un vero successo, dedicato a tutti coloro che avevano creduto in lei.

A proposito di dediche. Marco aveva dedicato la canzone di Paolo a Jocelyn, ma lei in chat aveva risposto... *che cojone*, proprio come aveva detto lui in classe qualche mese prima, facendo passare la parolaccia per una citazione. Poteva scherzare, tanto poi si sarebbero chiariti di persona.

Jocelyn e Maricel si erano trasferite nella dependance dei Righetti. Si trovavano a casa di Marco all'annuncio del lockdown e la macchina dei bisogni che alimenta le relazioni di casa Righetti aveva contagiato anche loro. Lorella aveva bisogno di Maricel per gestire Margherita e la casa. Margherita aveva bisogno di Maricel, delle sue torte e anche delle sue premure. Antonio Righetti di non stare ventiquattr'ore su ventiquattro solo con la moglie. Maricel aveva bisogno di risparmiare per tornare quanto prima nelle Filippine e così poteva smettere di pagare ottocento euro d'affitto. A Jocelyn facevano gola quelle pile di libri che si trovavano in casa Righetti per fare scena. E poi, c'era il bisogno di Marco: avere Jocelyn totalmente a disposizione per passare l'anno e non avere rotture di scatole da parte di sua madre. Aveva continuato ad affidarsi a lei anche quando si era sparsa la notizia secondo cui sarebbero stati tutti promossi. E poi così lui era l'unico ad avere un'amica vera, in carne e ossa; o almeno questo era ciò che si diceva per non ammettere a se stesso che la compagnia di Jocelyn gli piaceva. Sua madre osservava quel legame tra ragazzi, per una volta senza dire nulla.

Come non avevano detto nulla i genitori di Paolo, all'annuncio della sua decisione. La vita è una sola e non va sprecata e lui non poteva rinunciare al suo desiderio più grande, ora che la vita gli aveva messo davanti la sua precarietà. Una volta diplomato, si sarebbe iscritto al conservatorio Arrigo Boito di Parma per crescere non solo con la sua chitarra, ma anche come uomo, sperimentando l'autonomia. Intanto per lui la sveglia suonava ogni mattina almeno un'ora prima del solito, per iniziare ad arpeggiare che ancora non era l'alba; senza amplificatore ovviamente, anche se forse qualcuno avrebbe apprezzato, visto che ai concerti con la pandemia non ci si poteva più andare.

Edoardo, invece, era tra i pochi che poteva uscire ogni mattina per andare a scuola. Le sue giornate non erano cambiate, lui sì. Si sentiva isolato dall'uso obbligatorio delle mascherine, ma stare da solo in classe con la sua Loredana lo faceva sentire meno osservato. Si era persino tagliato i capelli, che da anni teneva lunghi per nascondere gli apparecchi. Uscendo di casa per andare a scuola, Edoardo non incontrava nessuno o quasi, e questa assenza di sguardi lo faceva sentire a suo agio. Era uno di quelli che, lontano dagli sguardi reali e giudicanti dei compagni e della gente, si sentiva meglio. Del resto, questa era la sua grande sfida: non *sentire*, ma imparare a *sentirsi*.

La sfida di Serena invece l'aspettava fuori dalle quattro mura d'ospedale, non più bianche e asettiche, ma tinte dei colori dell'arcobaleno e dell'amore che provava, ricambiata, per Ginevra. Lì tutto era facile: costantemente monitorate e controllate, tra visite mediche e tamponi, non avevano paura di scambiarsi un bacio sotto le lenzuola. Intanto Serena si preparava a presentare Ginevra ai genitori, non come un'amica o una compagna di stanza, ma come la propria fidanzata. Dopo avere tentato di cancellare la sua vita, Serena ce l'aveva fatta a sopravvivere, e ormai era tempo per lei di cominciare a vivere.

Mentre la vita di tutti durante la pandemia scorreva lenta solo in apparenza, Alessandro, il cui nome letteralmente significa "uomo che aiuta", cercava di governare il timone della barca da casa, attraverso lo schermo del suo PC piuttosto obsoleto, memore di quel famoso detto per cui non esistono buono o cattivo tempo, ma solo buoni o cattivi marinai. E il tempo in quel frangente sembrava essere senza dubbio un tempo cattivo.

Spinto dall'urgenza della situazione, Laghi aveva proposto la lettura di Pirandello. Quelle mascherine che il mondo è costretto a indossare a caro prezzo, prima o poi, devono essere calate e addirittura gettate via, perché non ci permettono di essere noi stessi. Laghi stava leggendo alla classe un passo del *Fu Mattia Pascal*, quando Giacomo aveva fatto cadere per terra il vaso di vetro con petali e candele galleggianti, che ornava il tavolo del salone. Alessandro non aveva fatto in tempo a silenziare il microfono, che il rumore si era diffuso non soltanto a casa sua, ma in tutte le case dei suoi studenti, o almeno di quelli che avevano l'audio attivato.

«Che disastro!» aveva esclamato Giacomo.

«Tu sei un disastro: ti avevo detto di non stare in sala quando faccio lezione» aveva risposto Alessandro, ma questa frase nessuno l'aveva sentita, perché si era premurato di spegnere l'audio. «Scusate, ragazzi» aveva detto, poi.

«Colpa mia!» era intervenuto Giacomo, salutando la classe con imbarazzo.

«Prof, finalmente conosciamo suo fratello!» aveva esclamato Jocelyn, per sdrammatizzare.

Sembrava che per tutti l'unica cosa che contasse fosse questa: sdrammatizzare. Che etimologicamente significa "togliere qualcuno dal dramma". Ma era di Pirandello che stavano parlando, di dramma, di teatro, di maschere e proprio in quell'occasione, forse voluta da un *kósmos* inafferrabile, Alessandro non poteva più mentire né sdrammatizzare. Non poteva indossare un'altra maschera. Così si era fatto coraggio. «Non è mio fratello. È Giacomo, mio marito. Il motivo per cui sono qui, a Roma.»

Poi aveva cercato lo sguardo di Serena sullo schermo. Si erano scambiati un sorriso, entrambi. Laghi improvvisamente non sentiva più l'esigenza di chiederle come stesse. Lo sapeva già. Era finalmente felice. Dello sguardo e dell'approvazione di Serena era sicuro, ma non lo era di quella di tutti gli altri. Lui che aveva insegnato ai suoi ragazzi a non farsi condizionare del giudizio altrui, ora sembrava irrimediabilmente dipendere dai loro. Non temeva di non essere approvato, quanto di essere disprezzato. Del resto, proprio Pirandello diceva che siamo "uno, nessuno, centomila", che siamo tanti quanti sono gli sguardi che incrociamo. Ma era bastata la risposta di uno di loro per continuare ad avere il cuore leggero: «E bravo Giacomino! Se non fosse per te, ora il professore non sarebbe con noi».

Ecco cosa aveva fatto la lontananza da scuola: li aveva portati a levare le maschere. A guardare se stessi, a vedersi e accettarsi.

È tutto. L'arbitro ha fischiato la fine della partita. Il Cuore ha stravinto.

[RINGRAZIAMENTI]

Ci sono esperienze che sembriamo dimenticare, ma che il nostro inconscio immagazzina e che ci rendono quelli che siamo. Sono quelle esperienze così radicate in noi che non le vediamo. Non perché siamo ciechi, ma perché sono un tutt'uno con noi, e – si sa – ci accorgiamo più facilmente delle cose che hanno gli altri, per invidiarle o criticarle. E così ci dimentichiamo di ringraziare. Non per cattiveria, ma per un'innata predisposizione.

Desidero ringraziare tutte le esperienze così radicate in me per cui non ho detto "grazie" abbastanza.

Le maestre che mi hanno insegnato a leggere e scrivere; i miei genitori che mi hanno permesso di andare a scuola; mio fratello che mi ricorda che siamo anche corpo, e non solo mente; i miei nonni che mi hanno amato incondizionatamente; i miei professori di ogni ordine e grado; mio marito che mi sta insegnando ad amare; gli amici che hanno letto queste pagine prima di altri, custodendone le storie, felici di questo traguardo; gli studenti di ieri, di oggi e di domani, per i momenti di vita piena.